소드마스터 힐러님

침략자 퓨전 판타지 장편소설

WISHBOOKS FUSION FANTASY STORY

소드마스터 힐러님 9

침략자 퓨전 판타지 장편소설

초판 1쇄 찍은 날 | 2019년 9월 11일
초판 1쇄 펴낸 날 | 2019년 9월 20일

지은이 | 침략자
펴낸이 | 예경원

기획 | 위시북스
편집책임 | 이규재
편집 | 위시북스

펴낸곳 | 예원북스
등록번호 | 제396-2012-000132호
등록일자 | 2012. 7. 25
KFN | 제1-463호

주소 | 경기도 고양시 일산동구 호수로 646-24 위너스21II빌딩 206A호 (우)10401
전화 | 031-819-9431 팩스 | 031-817-9432
E-mail | yewonbooks@naver.com

ISBN 979-11-365-0159-2 04810
    979-11-6424-130-9(set)

Wish Books
침략자 퓨전 판타지 장편소설
WISHBOOKS FUSION FANTASY STORY
소드마스터 힐러님
9

CONTENTS

1장
모스크바 방어전

미국의 SSS급 헌터 레이아가 지원을 약속했다. 그녀의 공격
대가 지원해 준다면 절반 이상의 저지선이 무너진 4번 차원 관
문을 파괴하는 것도 힘든 일은 아니었다.

다행히 그의 공격대로 편성된 헌터들은 모두 정부 소속이었
기 때문에 다소 무리한 지시를 내려도 따를 것이다.

'일반 헌터들이라면 바로 반대했겠지.'

일반적인 경우를 생각한 성준은 이내 고개를 저었다.

보통 소속이 없는 헌터들은 돈을 보고 움직이지만, 생명이
최우선이기 때문에 일정 수위 이상의 위험을 감수하려고 하지
않는 경우가 대부분이었다. 어쩌면 결사 항전의 각오가 없는
그런 심리가 저지선을 무너지게 만들었을 수도 있겠지만 그

누구도 무소속 헌터들에게 희생을 강요할 수는 없었다. 그게 21세기의 지구였다.

"4번 차원 관문이 있는 곳까지 진행하겠습니다. 이의 있습니까?"

"없습니다!"

"계속 진행하셔도 됩니다!"

공격대에 소속된 헌터 대부분이 러시아 국적이라서 그런지 반대 의견이 없을 뿐만 아니라 적극적으로 찬성표를 던졌다. SSS급 헌터인 레이아가 지원 행동에 나설 것이라는 긍정적인 소식도 이런 반응을 이끌어내는 것에 한몫했을 것이다.

"계속 진행하겠습니다."

성준이 말했다.

접근해 오던 비공정 3척도 한석과 제니퍼가 격추시켰고 우측에서 접근해 오던 다른 마물 무리의 요격에도 성공했다. 하늘에서는 전투기와 폭격기들이 쉬지 않고 편대 비행을 하며 종족 연합의 공중 병력을 교란하고 지상군을 견제했다.

"레이아의 공격대가 4번 차원 관문의 영향권에 진입했습니다."

"합류까지 얼마나 걸릴 것 같아?"

"마물 무리와 교전 상황이 발생한다고 해도 2시간이면 충분합니다."

한석의 대답에 성준은 만족스러운 표정으로 고개를 끄덕였다.

레이아의 공격대가 4번 차원 관문의 영향권에 진입하는 동안 2번의 전투가 있었지만, 성준의 공격대에서 사망한 헌터는 없었다. 부상자는 있었지만, 성준이 모두 회복시켜 주었다. SS급 회복계 헌터인 성준이 함께하고 있어서 그런지 놀라울 정도의 생존력이었다.

지금까지 전투를 하면서 사망한 이가 없다는 사실은 공격대의 헌터들의 사기를 상승시켜 줄 뿐만 아니라 더욱 적극적으로 전투에 임하게 만들어주었다.

-마물 무리가 접근하고 있습니다.

성준도 내심 마물 무리와 만나는 것을 피하고 싶었지만, 뜻대로 되지 않았다. 접근을 미리 감지한다고 해도 사방에 마물 무리가 퍼져 있어서 회피하는 게 쉽지 않았다.

"옵니다! 전투계 앞으로!"

성준이 외쳤다. 오늘만 해도 이 말을 몇 번이나 했는지 모를 정도였다.

전투계 헌터들이 앞으로 달려 나왔다. 성준은 고개를 돌려 그들의 안색을 살폈다. 쉴 틈 없이 전투가 이어진 탓에 모두 슬슬 피로가 누적되기 시작한 듯 편한 얼굴은 아니었다.

'내가 나서야겠네……'

검을 들어 올리며 생각했다. 지금까지는 마력을 아끼기 위해 행동을 최소화했지만 레이아의 공격대와 합류가 얼마 남지 않았고 차원 관문과의 거리도 상당히 좁힌 지금 상황에서는 본격적으로 '개입'해도 될 것 같았다. 그에게는 '흡수'라는 기술이 있기 때문에 소모한 마력의 일부를 회수할 수 있다.

"내가 갈게. 공격 마법은 계속 퍼부어도 상관없어."

"괜찮겠습니까?"

"문제없어."

한석이 우려했지만, 성준은 여유로운 표정으로 대답했다.

보통의 경우에는 근접전이 펼쳐지면 공격 마법 지원은 중단해야 하지만 그는 아군의 눈먼 공격 마법조차 모두 피할 자신이 있었다. 고난이도의 전투 기술이었지만 SS급 헌터이며, 전생에 최고 기사였던 성준에게는 불가능한 게 아니었다.

"간다."

성준은 말을 끝내기 무섭게 마물 무리를 향해 고속 이동술을 펼쳤다. 순식간에 거리가 좁혀지고 뒤에서 공격 마법이 쏟아졌다.

그는 쏟아지는 마법의 불꽃을 회피하면서 검을 휘둘렀다. 오러를 머금은 칼날이 리빙 아머들을 도륙했다.

"공격받고 있습니다!"

"어, 어디냐!"

쉬지 않고 고속 이동술을 펼치는 성준의 모습은 S급 마물로 평가받는 용족 마검사들의 눈에도 보이지 않았다.

혼란은 심화 되었고 설상가상으로 하늘에서 헌터들의 공격 마법까지 쏟아지고 있었다.

"오, 온다! 으악!"

짧은 비명과 함께 공격 마법의 물결에 휩쓸렸다. 광역 마법 이라고 해도 어울릴 정도로 넓은 공간의 마물들이 당했다. 흙 먼지가 크게 일어났다.

"고, 공격대장님은 무사하신가?"

"공격 마법이 엄청나게 쏟아졌는데……"

헌터들의 걱정스러운 시선이 흙먼지가 일어난 곳에 집중되 었다. 누군가 마법으로 바람을 일으켜 흙먼지를 지우자 그곳에 는 오직 단 한 명, SS급 헌터 강성준만이 멀쩡하게 서 있었다.

"역시 SS급 헌터님이야!"

공격대 소속의 헌터들이 환호했다. 성준은 손을 들어 올리 며 입을 열었다.

"계속 진행하겠습니다."

성준이 지휘하는 공격대는 4번 차원 관문을 향해 계속해서 전진했다. 러시아 연방군은 전력을 다해 화력 지원을 펼쳤다.

성준의 공격대로 접근하려는 마물 무리를 향해 폭격을 유도 하고 지상군을 투입하여 어그로를 끌었다.

덕분에 그들은 4번 차원 관문 근처에 도달할 수 있었다.

"레이아의 공격대도 근처에 있는 모양입니다."

한석이 보고했다. 성준은 고개를 끄덕이며 입을 열었다.

"레이아의 공격대와 합류해서 이동하는 게 좋을까?"

"계속 이동하는 게 좋을 것 같습니다. 차원 관문 쪽에서 마력 반응이 일어나는 거로 보아 새로운 웨이브가 열릴 것 같습니다."

웨이브가 쏟아져 나오기 전에 차원 관문을 파괴하자는 게 한석의 의견이었다.

"가자."

다들 지쳐 있었지만, 성준의 의견에 따랐다.

"마력 반응! 웨이브가 발생했습니다!"

제니퍼가 다급하게 보고했다. 웨이브가 한석의 예상보다 일찍 시작된 것이다.

다들 마음이 다급해졌지만, 성준은 침착함을 유지했다.

"곧장 여기로 오고 있습니다!"

"웨이브 도달까지 10분 정도인가……?"

웨이브를 구성하고 있는 마물 무리의 접근이 감지되었다.

용족의 지휘관이 별도의 지시를 내린 것인지 웨이브가 발생하면서 소환된 모든 마물 무리가 성준이 지휘하는 공격대가 있는 곳으로 몰려오고 있었다.

"길드장님…… 레이아의 공격대 쪽도 마물 무리와 조우한 것 같습니다. 당장 지원을 받기는 힘들 것 같습니다. 물러나는 게……"

"여기까지 와서 물러설 수는 없지. 이대로 진행한다."

"알겠습니다."

성준의 결정에 한석은 고개를 끄덕였지만 다른 헌터들은 부정적인 반응을 보였다. 초기와 달리 계속된 전투로 지쳐 있었던 것이다.

성준은 그들을 보며 입을 열었다.

"내가 있으니까 죽을 일은 없을 겁니다. 안심해요."

잠시나마 동요하던 헌터들이 진정되었다. 레이드 상황이 시작되고 여기까지 오면서 SS급 회복계 헌터의 강력한 '힐'을 몇 번이나 눈앞에서 목격했기 때문에 가능한 일이었다.

만약 성준이 능력을 증명하지 못했다면 그의 말에 신뢰할 만한 부분이 전혀 없어서 효과를 보지 못했을 것이다.

-헤츨링이 2체 있습니다.

리슈발트가 선행 정찰 결과를 보고했다.

웨이브로 소환된 종족 연합의 병력이 곧장 이곳으로 향하고 있다는 것을 눈치챘을 때부터 뭔가 믿는 구석이 있는가 싶었는데 S급 상위 대형 마물 헤츨링이 2체나 있었다.

"옵니다!"

"크아아아악!"

성준이 경고의 말을 끝내기 무섭게 헤츨링의 브레스가 공격대를 덮쳤다. '블링크'를 사용하여 접근한 것 같았다.

성준은 회피했지만, 공격대에 소속된 헌터 몇 명이 제대로 피하지 못하고 몸이 불타올랐다. 일반인이었으면 브레스에 닿는 순간 '재'가 되어버렸겠지만, 다행히 헌터들은 인간의 신체를 초월한 상태였으며 방어력 높은 아이템도 착용하고 있었다.

"힐링 스프레이!"

한석이 마법으로 화염을 걷어냈다. 성준은 고통에 발버둥치는 헌터들을 향해 '힐링 스프레이'를 사용했다.

백색의 빛무리에 닿자 화상이 빠른 속도로 회복되었다. 하지만 그들 중 고통을 이기지 못하고 기절해 버린 절반은 곧바로 정신을 차리지 못했다.

"깨우세요!"

성준은 지시를 내리고는 한석을 향해 시선을 옮겼다.

"저건 내가 맡을게. 너는 남은 한 마리를 처리해!"

'대형'은 동급의 마물보다 상대하기 까다로웠다. 그래도 한석과 현재 공격대의 전력이라면 헤츨링 1체 정도는 상대할 수 있을 것이라 판단했다.

성준은 한석의 대답조차 듣지 않고 고개를 들어 올렸다.

하늘에서는 헤츨링 하나가 다시 브레스를 뿜을 준비를 하고 있었고 뒤에서는 또 다른 헤츨링이 한석과 공격대를 향해

16 소드마스터 힐러님 9

빠른 속도로 날아오고 있었다. 그 뒤로 종족 연합 용족령의 군대가 거리를 좁혀오고 있었다.

"블링크!"

성준은 고속 이동술을 이용한 도약과 동시에 블링크를 사용했다. 일순간에 헤슬링과의 거리가 좁혀졌다.

호흡이 얼어붙을 것만 같은 차가운 긴장 속에서 헤슬링이 먼저 브레스를 중단하고 방어 마법을 펼쳤다.

"환영검!"

상위 등급의 6개와 고위 등급의 방어 마법 1개를 동시에 펼친 멀티 캐스팅이었지만 환영검 앞에서는 무력했다. 오러를 머금은 31개의 환영검이 방어 마법을 모두 박살 내고 헤슬링의 본체를 노렸다.

-키에에에엑!

헤슬링도 S급 상위의 대형 마물답게 만만한 상대는 아니었다. 블링크를 사용한 것인지 환영검들을 피해 어느새 성준의 뒤에 있었다.

-키에에에엑!

날카로운 울음소리와 함께 공격 마법이 쏟아졌다.

"블링크!"

발을 디딜 곳이 없는 공중이었기 때문에 블링크를 사용할 수밖에 없었다.

그는 헤슬링의 정면으로 파고들며 검을 휘둘렀다. 위협적으로 휘둘러진 검은 헤슬링의 심장을 노렸다.

그리고 동시에…….

"리슈발트!"

-주군의 적을 섬멸하겠습니다!

리슈발트에게 마력을 부여하여 '영혼격'을 사용하게 했다.

-키에에에에엑!

붉은 피가 튀었다. 성준이 휘두른 검은 방어했지만 리슈발트가 기척 없이 내찌른 검은 막아내지 못한 것이었다. 왼쪽 날개가 관통당했다.

리슈발트는 그 상태에서 검을 휘둘러 날개를 길게 찢어놓았다. 헤슬링은 극심한 고통을 느끼고 당황했다.

그 틈에 성준은 번개와 같이 검을 휘둘러 헤슬링의 상체를 난도질했다.

-키에에에에엑!

처음에는 방어 마법을 펼쳤지만 1초에 수십 번 이상 휘두르는 검격의 폭풍 앞에서는 무의미했다.

곧 상공은 헤슬링의 비명과 피로 물들었다.

쿵!

땅에 추락한 헤슬링은 다시 일어나지 못했다. 그 옆에 착지한 성준은 '흡수'를 끝낸 뒤, 눈동자를 바쁘게 움직여 상황을 파악하기 위해 노력했다.

한석과 공격대 헌터들이 상대하고 있는 헤츨링도 전신에 깊은 상처가 가득했다. 공격대의 피해도 크지 않고 용족의 군대가 도달하기까지 시간도 꽤 남아 있었다. 성준은 말없이 '하크의 단검'을 뽑아서 헤츨링을 향해 던졌다.

"가속."

시동어와 함께 가속되어 날아간 단검은 헤츨링의 흉부에 꽂혔다.

한석, 그리고 공격대의 마법계 헌터들과 치열한 마법전을 벌이느라 성준의 기습을 눈치채지 못한 것이었다.

흉부에 단검이 꽂히자 헤츨링은 고통에 찬 울음을 토해냈다. 상공에 떠 있는 그의 몸이 위태롭게 흔들렸다.

"라이트닝 스피어."

한석이 던진 번개의 창이 헤츨링에게 결정타로 작용했다. 라이트닝 스피어는 사용자의 경지에 따라 고위 마법 수준까지 위력을 끌어 올릴 수 있었다.

고위 마법 수준의 위력을 낸 것인지 헤츨링은 그 일격에 힘없이 추락했다.

"와아아아!"

함성이 터져 나왔다. 순식간에 대형 마물에 속하는 헤츨링 2체를 해치웠다. 이건 굉장한 일이었다.

하지만 성준은 들뜨지 않았다. 아직 끝난 게 아니었다.

-용족령의 주력군이 오고 있습니다.

처음에는 수가 많지 않을 것이라고 생각했다.

하지만 그것은 헤슬링 2체의 기습으로 인해 집중력이 흐려진 상태에서 내린 판단이었고 실제로 모습을 드러낸 마물 무리는 생각보다 대규모였다. 아니, 단순한 마물 무리가 아니었다. 종족 연합 용족령의 '군대'였다.

"너무 많은 것 같은데?"

"제기랄! 화력 지원은 아직입니까?"

공격대 헌터들 간에 소란이 일어났다. 그러고 보니 헤슬링을 상대할 때부터 화력 지원이 전혀 없었다.

'불길한데……'

성준은 마른침을 삼키며 무전기를 들어 올렸다. 그의 통신 회선은 레이드 관제국 상황실에서도 한국어를 능숙하게 구사할 수 있는 통신 요원과 연결되어 있었다. 용족 군대가 몰려오고 있었지만, 아직 거리가 제법 떨어져 있어서 짧은 통신 정도는 가능할 것 같았다.

"조금 전부터 화력 지원이 끊겼습니다. 어떻게 된 겁니까?"

-상황이 좋지 않습니다. 주요 저지선이 무너지면서 화력 지원을 맡은 군부대들이 공격받고 있습니다.

통신 요원은 성준의 물음에 곧바로 응답했다. 자세한 상황

설명은 없었지만 당분간 화력 지원을 받을 수 없다는 사실 만큼은 분명했다.

성준은 입술을 살짝 깨물었지만 이내 고개를 저었다. 화력 지원이 없더라도 차원 관문을 파괴할 자신이 있었다.

'조금만 더 버티면 레이아가 합류한다.'

SSS급 헌터 레이아. 그녀는 광역 공격에 특화되어 있는 마법계 헌터였다. 그녀와 공격대가 추가로 합류한다면 4번 차원 관문의 파괴는 어렵지 않을 것이다.

-수는 2천 정도입니다. A급으로 추정되는 마물은 셀 수 없을 정도로 많고 S급도 10체 이상 파악됩니다.

리슈발트가 보고했다.

그나마 헤츨링 2체가 선공을 취해서 먼저 처리할 수 있었던 게 다행이었다.

성준은 검을 들어 올렸다.

"광역 마법 지원 부탁합니다! 저는 신경 쓰지 말고 난사하세요!"

한석이 성준의 지시를 통역해서 전달했다. 성준은 이미 용족 군대와의 거리를 좁히고 있었다.

"뭐, 뭔가 온다!"

"대응해!"

보이지 않는 위험이 접근해 오고 있다. 용족 마검사들은 두려움이 깃든 목소리로 경고했다. 그들조차 뭔가가 접근하고 있다는 것 정도를 간신히 눈치챘을 뿐이었고 성준의 잔상조차 눈에 담지 못했다.

"커, 커헉……?"

"쿨럭!"

정신을 차렸을 땐 이미 몸이 조각나고 있었다. 뜨거운 핏줄기가 허공을 붉게 물들였다. 팔과 다리가 절단된 용족 마검사들이 쓰러져 나뒹굴었다.

"히, 힐!"

용족 사제들이 힐을 퍼부어 치유를 시도했지만 그들의 실력으로 잘린 팔과 다리가 붙을 리 없었다. 지혈이 고작이었다.

"어, 어디야!"

"모르겠습니다!"

사방에서 폭풍처럼 쏟아지는 공격의 연속에 용족들이 버티지 못하고 쓰러졌다. 그들을 보호하고 있는 리빙 아머들은 건드리지도 않고 용족 이상의 고급 전력만 노렸다. 도저히 막을 수 없었다. 용족 진영은 혼란에 잠겼다.

S급 마물로 분류되는 용족 마검사들조차 대응하지 못했다. 절반 이상의 고급 전력이 당한 뒤에야 하나의 용족 가문을 이끄는 '가주'의 지휘하에 성준을 포위하는 진형이 갖춰졌다. 가주는 S급 최상위 티어의 강자였기에 성준의 움직임을 조금이나마 볼 수 있었던 것이었다.

-완벽한 포위망입니다.

리슈발트가 우려했지만, 성준은 고개를 저었다.

"걱정할 필요 없어."

그는 검에 마력을 주입하며 입을 열었다.

"드래곤 피어."

시동어와 함께 성준이 들고 있는 검, 로엘이 부르르 떨렸다. 잠자고 있던 마룡의 영혼이 흘러들어 오는 마력에 자극받아 잠시나마 깨어난 것이다.

-크롸롸롸롸롸!

마룡의 포효가 주변을 휩쓸었다. 성준을 향한 포위망을 좁혀가고 있던 용족들이 일제히 무너지듯 쓰러졌다.

"큭!"

"몸이 움직이지 않아!"

"이, 인간이 드래곤 피어를?"

S급 최상위 티어의 실력자인 용족 가주조차 일순간 몸이 경직될 정도였다. 그나마 제일 먼저 몸을 움직일 수 있었고 연속 공격을 막기 위해 몸을 던졌다.

하지만 유감스럽게도 성준이 조금 더 빨랐다.

"폭풍검."

동조율 70%를 넘으면서 제한이 완전히 풀린 폭풍검은 사방에 500개의 검풍을 쏟아냈다.

"크아아악!"

"커헉!"

용족들이 붉은 피를 흩뿌리며 쓰러졌다. 가주는 방어 마법을 펼쳐서 검풍을 막아냈지만, 어느새 그의 앞에는 성준이 다가와 있었다.

"환영검."

"크아악!"

31개의 환영검에 당한 용족 가주의 몸이 토막 났다. 그는 일격을 받아내지 못하고 숨이 끊어졌다.

드래곤 피어와 폭풍검, 그리고 환영검의 연이은 사용으로 소모된 마력을 보충하기 위해 성준은 왼손을 들어 올리며 입을 열었다.

"흡수."

쓰러진 마물들의 수가 많아서 그런지 다량의 마력이 흡수되었다. 성준의 입가에 싸늘한 미소가 번졌다. 이걸로 종족 연합의 하수인들을 도륙할 힘을 보충한 것이다.

-동조율이 75%가 되었습니다!

리슈발트가 보고했다. 그리고 직후, 그는 심상치 않은 기척을 감지하고는 다급한 표정으로 성준을 향해 시선을 옮겼다.

-주군! 다수의 마물들이 추가로 접근하고 있습니다!

"벌써 다음 웨이브가 진행되었을 리는 없을 텐데……?"

성준은 다가오는 용족의 목을 베며 대답했다. 리슈발트가 잘못 감지했다고 생각하고 싶었지만, 정신없는 전투가 한 차례 지나가니 이곳을 향해 무서운 속도로 다가오고 있는 마물 무리의 접근을 알아챌 수 있었다.

-다른 차원 관문에서 몰려오는 것 같습니다.

시간이 조금 지나고 리슈발트의 의견이 옳았다는 게 증명되었다. 새로 등장한 마물 무리는 종족 연합 오크령의 군대였다. 다른 차원 관문을 통해 상륙한 것이 분명했다. 아마 용족들의 지원 요청을 듣고 허겁지겁 달려온 것이리라.

파벌은 다르지만 하나의 연합에 소속되어 있기 때문에 마음에 안 들더라도 공통된 적을 향해서는 같은 전선에 서는 게 종족 연합의 특징이었다. 이런 면 덕분에 여러 마물이 모여서 지금까지 하나의 연합을 유지할 수 있었던 것이다.

"오, 오크들이다!"

"오크령에서 지원군을 보내주었다!"

용족들의 사기가 상승하려는 순간이었다.

쾅! 쾅! 쾅!

굉음의 연속과 함께 묵직한 뭔가가 날아와 성준의 주위를 강타했다. 이어진 폭발음과 함께 흙먼지가 높이 피어올랐다.

"멍청한 오크 놈들! 여기에 아군이 있다! 기수는 어서 공격 중단을 요청하는 신호를 보내라!"

기수가 깃발을 흔들어 신호를 보냈지만, 오크들은 중형 철포 공격을 멈추지 않았다.

"더러운 오크 놈들이 우리까지 묻어버릴 생각인 것 같습니다!"

"제기랄! 저 하등 생물들이!"

용족들이 욕설을 내뱉는 모습만 봐도 평소 두 종족 간에 감정이 얼마나 나빴는지 대충은 알 수 있었다.

성준은 자세한 사정은 몰랐지만 잘된 일이라고 생각했다. 종족 연합 내부에 분열의 징조가 있다면 연합 위원회의 승률이 올라갈 수밖에 없었다.

-아무래도 승리를 확신하고 서로 점령 경쟁에 돌입한 것 같습니다.

리슈발트가 조심스럽게 의견을 내놓았다. 성준도 고개를 끄덕일 수밖에 없었다. 누가 더 많은 땅을 차지하느냐를 두고 다투는 점령 경쟁은 제국에서도 흔히 있는 현상이었지만 지금 종족 연합의 용족과 오크가 보이는 것처럼 과격하지는 않았다.

-부상자가 다수 발생했습니다!

안주머니에 넣어둔 무전기에서 한석의 목소리가 들려왔다. 성준은 아군이 있는 곳을 향해서 '힐링 스프레이'를 뿌렸다.

거리가 꽤 멀었지만, 성준에게는 문제 되지 않았다.

-부상자들이 회복되고 있습니다!

한석의 목소리가 들려왔다.

성준은 대답 대신 오크 무리를 향해 시선을 옮겼다. 주력이 포병 부대인 것인지 중형 철포의 모습이 꽤 많이 보였다. 그들은 성준이 있는 용족 무리뿐만 아니라 공격대의 헌터들을 향해서까지 포격을 퍼붓고 있었기 때문에 제거할 필요가 있어 보였다.

"한석아. 이쪽으로 공격대 헌터들 보내줘. 나는 중형 철포를 처리할게."

공격대 소속의 헌터들이 용족 무리를 상대할 동안 성준은 오크 무리를 공격할 생각이었다. 용족 무리는 성준의 공격으로 주요 전력 대부분이 무력화되어 있는 상태였다. 무난하게 사냥할 수 있을 것이다.

지금 이대로 무력하게 중형 철포 공격에 노출된 상태로 방어 마법만 전개하는 것보다는 훨씬 나을 것이었다.

"온다! 검성조 앞으로!"

성준이 용족 무리를 뚫고 나오기 무섭게 중형 철포의 포격과 주술 공격이 쏟아졌다. 성준의 접근을 조금이라도 저지하기 위해서였지만 큰 효과는 없었다. 하지만 찰나의 시간은 벌수 있었고 그 틈에 오크 검성들이 진형의 앞으로 뛰어나왔다.

"전력을 다해서 '하얀 악마'를 차단한다!"

"부족의 이름을 걸고!"

오크 검성들이 전투의 함성을 토해냈다.

성준은 그들을 향해 싸늘한 시선을 흩뿌리며 입을 열었다.

"블링크."

"블링크다!"

"차, 차단 주술을!"

"소용없습니다! 이미 접근했어요!"

오크 제사장이 블링크를 차단하는 주술을 펼치려고 했지만 이미 오크 검성들의 진형 중앙에 성준이 모습을 드러낸 뒤였다.

"마, 막아……!"

"대응해라!"

"크아아악!"

마침 그곳에 있던 오크 부족장이 성준의 접근을 알아채고 경고했지만 대응해야 할 오크 검성들은 차가운 땅 위에 쓰러져 싸늘하게 식어가고 있었다. 붉은 피가 그들의 시체를 덮었다.

"으아아아아!"

오크 부족장이 성준을 향해 달려들었다. 그의 뒤로 다른 오크 검성들과 전쟁군주들이 뛰어오는 게 보였다.

-오크들은 수가 많습니다. 전력을 다해서 부족장을 즉참하고 다른 오크들을 상대할 때는 마력을 아끼는 게 좋을 것 같습니다.

리슈발트가 조언했다.

성준은 대답대신 고개를 끄덕이며 오크 부족장을 향해 몸을 던졌다.

정면에서 달려드는 그 모습에 오크 부족장은 창을 내찔렀다. 한 번의 찌르기로 보였지만 수십 번의 공격이었다.

'환영검보다는 참검이 좋겠어.'

0.1초도 되지 않은 짧은 순간이었지만 성준은 정면의 오크 부족장이 내찌른 연격의 경로를 모두 읽어냈다. 환영검을 사용할 경우 한 번에 죽이지 못할 확률이 높았다. 이런 경우 대량의 마력을 소모하더라도 강력한 일격을 펼치는 게 나았다.

"참검."

차원조차 절단하는 궁극의 참격에 오크 부족장이 두 쪽으로 갈라졌다. 붉은 피가 분수처럼 솟구쳤고 성준의 안색이 창백하게 변했다.

"흡수!"

무려 SS급 마물을 일격에 사냥했지만 리슈발트가 말이 없는 걸로 보아 동조율의 상승은 없는 것 같았다.

"전방 병력이 전멸했습니다! 이대로라면 포병대가 위험합니다!"

"'하얀 악마'가 이미 포병대에 침투해서 휩쓸고 있습니다!"

"이대로는 지휘부도 위험합니다!"

"추가 지원이 필요합니다!"

성준이 날뛰기 시작하면서 포병대의 중형 철포 포격이 중단

될 뿐만 아니라 진형이 대혼란에 잠겼다.

-포격이 중단된 것을 확인했습니다. 부상자들이 소수 있지만 마물 무리를 쉽게 전멸시킬 수 있을 것 같습니다.

안주머니에 넣어둔 무전기에서 한석의 목소리가 들렸다. 다행히 밀리지 않고 있는 모양이었다. 모든 것이 순조롭게 흘러가는 것처럼 보였다.

그래, 그런 것 같았다. 30명의 오크 대전사가 나타나기 전까지는 말이다.

오크 대전사는 S급 상위로 분류되며, 오크 검성보다 우수한 무기술을 펼치기 때문에 결코 상대하기 쉬운 마물이 아니었다.

성준은 SS급 헌터였지만 몇 시간 동안의 지속된 전투로 지쳐 있는 상태라서 쉽게 격파할 수 있을 것 같지는 않았다. '흡수'라는 편리한 기술을 사용할 수 있지만 유감스럽게도 그 기술을 사용해도 소모된 마력을 온전하게 회수하는 게 아니었기 때문에 한계는 분명했다.

-힐을 너무 많이 사용하셨습니다. 남은 마력이 많지 않습니다.

리슈발트가 보고했다. 그는 성준과 연결되어 있기 때문에 그의 몸 상태를 확인할 수 있었다.

"어쩔 수 없었어."

성준은 오크 대전사들을 경계하며 리슈발트의 말에 대답했다. 만약 그가 '힐'을 사용하지 않았다면 공격대는 한석을 포함한 소수를 제외하고 전멸했을 것이다. 그럼 전황은 더욱 악화되었을 것이다.

-현명한 판단이셨습니다.

리슈발트도 고개를 끄덕이며 인정했으나, 중요한 것은 마력이 얼마 남지 않았다는 것이었다.

SS급 헌터의 '힐'은 치유 효과가 강력한 만큼 많은 마력을 소모했다.

-길드장님! 용족 무리를 거의 다 처리했습니다! 그쪽으로 지원을 보내겠습니다!

"아니야. 보내지 마. 여기 오면 다 죽어."

무전기를 통해서 지원을 보내겠다는 한석의 목소리가 들려왔지만, 성준은 고개를 저으며 응답했다. 지금 이곳에 공격대의 헌터들이 오면 반 이상이 죽을 것이다. 성준은 그들의 피해를 최소화시킬 정도로 힐을 사용할 마력이 남아 있지 않았다.

-그렇다면 저라도 지원하러 가겠습니다.

'충성의 룬'의 효과 탓일까?

한석은 성준을 돕기 위해 위험을 자처했다. 기분이 나쁘지 않았다. 대한민국 S급 랭킹 1위의 헌터였으니 굳이 성준이 지켜줄 필요도 많이 없었고 도움이 될 것이다.

"좋아. 너까지만 허락할게."

-지금 바로 이동하겠습니다.

이윽고 한석이 옆에 도착했다. 연이어 블링크를 사용한 모양이었다. 오크 주술사들이 차단을 시도했지만, 한석은 압도적인 마법적 재능으로 물리쳤다.

오크 대전사들도 기회를 엿보느라 쉽게 달려들지 않았다.

"레이아 쪽은 아무 말도 없어?"

"실은 연결 상태가 불안정해서 통신이 불가능합니다."

레이아의 지원이 언제 도착할지 알 수 없게 되었다. 그 사실만으로도 대부분 절망을 품기에는 충분하지만, 성준은 달랐다.

'피 좀 보겠네.'

질 것이라고 조금도 생각하지 않았다. 그가 싸워온 전장은 대부분 승리로 끝났기 때문이었다. 그리고 무엇보다 복수를 위해서라도 지금 이곳에서 죽을 수는 없었다. 그런 생각조차 하지 않았다.

"쳐라!"

오크 대전사들이 움직였다. 그들 또한 시간을 끌수록 성준에게 유리한 상황이 된다는 것을 알고 있었다. 번개처럼 일순간에 거리를 좁혀오는 오크 대전사들을 향해 한석이 두 손을 들어 올렸다.

"블리자드."

시동어와 함께 얼음 폭풍이 불어닥쳤다. 블리자드는 시전자의 경지에 따라 대마법까지 위력을 낼 수 있지만 다급하게 완성해서 그런지 이번에는 고위 마법 수준에 불과했다.

오크 대전사들의 속도를 줄일 수는 있었지만 처치하는 건 불가능했다. 그들은 혹한의 얼음 폭풍을 뚫고 성준의 근처까지 다가왔다. 오크 제사장들로부터 버프를 받은 것인지 피해가 거의 없어 보였고 움직임도 훨씬 빨라 보였다.

"질풍검!"

성준이 만들어낸 검풍의 회오리가 주변을 휩쓸었다. 갑작스러운 공격에 오크 대전사 둘이 피를 흘리며 쓰러졌다.

그리고 치열한 전투가 벌어졌다. 그들의 주된 목표는 성준이었지만 한석에게도 꽤 많이 달라붙었다. 한석은 아껴두었던 마력으로 블링크를 연이어 사용하며 회피와 공격을 동시에 펼치는 기행을 선보였다.

하지만 안색이 급속도로 창백해지는 것으로 보아 오래 버티지는 못할 것 같았다.

"하앗!"

-남은 오크 대전사들의 수는 35체입니다.

기합과 함께 휘둘러진 검이 또 하나의 오크 대전사를 죽였지만, 끝이 보이지 않았다. 20체가 넘는 오크 대전사들을 쓰러뜨렸지만, 증원이 온 것인지 오히려 수가 더 늘어나 있었다.

"크하하하! 이게 끝인가? '하얀 악마여!"

"오크령의 위대함 앞에 무릎을 꿇는다면 살려줄 수도 있다!"

"팔다리는 자르겠지만 말이야!"

오크 대전사들이 조롱했다.

성준의 시선이 싸늘하게 식었다.

"리슈발트. 동조율을……."

-주군! 뭔가 옵니다!"

동조율을 초월하려던 성준은 강대한 마력의 접근을 눈치채고 입을 다물었다. 리슈발트 또한 마력의 접근을 눈치채고 서둘러 보고했다.

얼마 지나지 않아서 성준은 접근하는 마력의 정체를 알 수 있었다. 대마법 수준의 공격 마법이었다.

"최한석! 방어 마법 전개해!"

"알겠습니다!"

한석은 아무런 의심 없이 블링크로 오크 대전사들과의 거리를 벌린 뒤, 방어 마법을 전개했다. 성준 또한 마력을 모아 '정의로운 방패'에 주입하며 입을 열었다.

"앱솔루트 실드!"

위험으로부터 시전자를 안전하게 보호하는 무색의 방어막이 성준을 덮었다. 오크 대전사들이 방어막을 부수기 위해 무기를 들어 올린 순간이었다.

"헬파이어다!"

누군가의 외침과 함께 전장의 소음이 굉음에 파묻혔다. 그리고 뜨거운 지옥의 화염이 주변을 휩쓸었다. 전장이었던 곳이 불바다가 되었다. 흙먼지가 가라앉자 하늘에 사람의 형상이 떠 있는 것을 볼 수 있었다.

여성이었다. 그녀는 손을 들어 올려 마법의 불꽃을 모두 회수했다. 성준도 '앱솔루트 실드'를 해제하고 날카로운 시선으로 주위를 훑었다.

-전멸했습니다. 생존한 적을 찾을 수 없습니다.

리슈발트가 말했다. 그의 말대로 성준, 그리고 한석과 싸우고 있던 오크 군대는 잿더미가 되어 있었다.

공격대가 피해를 입었나 싶어서 뒤를 돌아봤지만, 다행히 그들은 헬파이어의 영향권 밖에 있었다.

용족령의 군대는 공격대에 의해 전멸했는지 모두 쓰러져 있었다. 애초에 성준이 주요 전력을 몰살시킨 다음에 상대했기 때문에 공격대의 피해가 적을 수밖에 없었다.

"강성준"

맑은 목소리가 들렸다. 고개를 돌리니 미국의 SSS급 헌터 레이아가 어느새 옆에 다가와 있었다. 그녀는 주위를 살피더니 특유의 차분한 표정으로 입을 열었다.

"지금 당장 모스크바로 돌아가야 해."

"저지선이 무너진 거야?"

성준이 물었다.

저지선이 무너진 게 아니라면 모스크바로 돌아갈 이유가 없었다. 4번 차원 관문이 멀지 않은 곳에 있었다.

"그런 것 같아. 나도 방금 연락받았어."

레이아가 대답했다.

성준은 심각한 표정으로 입술을 살짝 깨물었다.

"최종 저지선은?"

최종 저지선까지 무너졌다면 모스크바가 위험했다. 하지만 그게 아니라면 아직 조금의 여유는 있었다.

"아직 버티고 있는 것 같던데…… 자세히는 모르겠어."

"그럼 나는 4번 차원 관문을 파괴할 생각이다. 협력해 줄래?"

"나는 상관없는데 모스크바에서 난리가 날 것 같은데……?"

레이아가 말했다. 그녀의 성격은 특이했지만 사악한 것은 아니었다. 그녀는 모스크바가 직접 공격당할 경우에 발생할 민간인 피해를 우려했다.

"4번 차원 관문이 얼마 남지 않았어. 지금 그걸 파괴하면 최종 저지선의 부담이 많이 줄어들 거야. 그 이유는 너도 알고 있지?"

"알아. 영향을 받은 마물들이 역소환되니까……."

"협력할 거지? 빨리 결정해야 해. 시간이 많이 없어."

성준의 재촉에 레이아는 잠시 고민하는 듯하더니 이내 고개를 끄덕였다. SSS급 헌터인 레이아와 그녀의 공격대가 합류했다.

"공격대는 어때? 죽은 사람은? 우리 쪽에 S급 회복계가 있으니까 치료해 줄게."

"괜찮아. 내가 다 치유했어."

"아…… 맞다. 너도 회복계였지……."

레이아는 납득한 표정으로 고개를 끄덕였다.

그들은 4번 차원 관문을 향해 움직였다. 대부분의 군 부대가 치명적인 피해를 입고 모스크바로 물러나는 중이었기 때문에 수송 및 화력 지원을 받지 못했다.

하지만 웨이브가 끝난 직후라서 4번 차원 관문에 도착할 때까지 다른 마물 무리와 조우하지 않았다.

-용족의 가주입니다. 다행히 이름 있는 가문은 아닙니다.

리슈발트가 말했다. 용족 가주의 뒤편에 꽂혀 있는 깃발을 통해 그의 가문이 유력 가문이 아니라는 것을 파악할 수 있었다.

"유력 가문이 아니라서 다행이네."

성준이 혼잣말에 가까울 정도의 작은 목소리로 중얼거렸다. 용족 가주는 보통 S급 최상위 티어로 분류되지만, 유력 가문일 경우 SS급 정도의 전투력을 보유하고 있는 경우가 대부분이었다.

"엄호할게."

"블링크!"

레이아가 말했다.

성준은 대답 대신 블링크를 사용했다. 그가 용족 가주의 앞에 도착한 순간 사방에서 불꽃을 머금은 바람의 칼날이 휘몰아쳤다. 레이아의 마법이었다. 그녀의 정밀 유도에 의해 성준을 스쳐 지나가서 용족 가주의 전신에 꽂혔다.

"컥!"

성준은 고통에 찬 신음을 토해내는 용족 가주의 목을 검으로 찔렀다. 붉은 피가 분수처럼 솟구쳤다.

"가, 가주님!"

"쳐라!"

용족 마검사들이 일제히 검을 뽑아 들며 다가왔다. 성준은 번개처럼 검을 휘둘러 그들의 목을 베었다. 용족 마검사 4체가 순식간에 목숨을 잃었다. 공격대가 다른 마물들을 상대하는 동안 성준은 4번 차원 관문을 유지하고 있는 수정을 찾아서 파괴했다.

4번 차원 관문을 통해 상륙한 마물들이 일제히 역소환 되었다. 성준의 입가에 미소가 번졌다. 이것으로 최종 저지선도 부담을 조금이나마 덜었을 것이다. 하지만 아직 긴장의 끈을 놓을 수는 없었다.

러시아에 상륙한 종족 연합의 군대는 아직도 건재했다.

"이제 모스크바로 가자."

성준이 말했다. 한석은 혹시나 하는 마음에 수송 헬기 편대의 지원을 요청했다.

-곧 수송 헬기 편대를 보내겠다.

러시아군의 응답이었다. 한석은 이 사실을 성준에게 알렸다. 옆에서 통신 내용을 듣고 있던 러시아 헌터들의 표정도 밝아졌다.

"잘됐네."

"4번 차원 관문이 파괴되면서 러시아군에 여유가 생긴 걸까요?"

한석이 말했다. 긍정적으로 생각하면 그렇겠지만 성준은 어두운 표정으로 고개를 저었다.

"위험을 감수할 정도로 급한 상황일 수도 있어."

성준이 말했다. 그 절망적인 대사를 한석은 군이 러시아 헌터들에게 통역해서 알려주지 않았다.

레이아가 재합류하고 얼마 지나지 않아서 수송 헬기 편대가 도착했다. 성준과 레이아, 그리고 그들의 공격대는 수송 헬기에 탑승하여 모스크바로 향했다.

"모스크바의 상황은 어떻습니까?"

공격대의 러시아 헌터들 중 한 명이 동승한 군 장교에게 물었다. 모스크바에 가족이라도 있는 것인지 목소리에 걱정이 가득했다.

군 장교는 짧은 한숨과 함께 곧 입을 열었다.

"아래를 보십시오."

공격대의 헌터들은 물론이고 성준도 창밖을 향해 시선을 던졌다. 그리고 보았다. 무수히 많은 종족 연합의 깃발을!

지금 모스크바는 공격받고 있었다!

제국 특무군 사령관 아레스 백작은 넓고 긴 복도를 따라 발걸음을 옮기고 있었다. 그는 평소와 달리 화려한 예복을 입고 있었다.

그가 걷고 있는 복도도 예사롭지 않았다. 화려한 장식과 석상이 보였고 황금빛 갑옷을 입고 중무장한 기사가 일정 간격마다 배치되어 있었다.

복도의 끝에는 중무장한 3명의 기사가 지키고 있는 거대한 문이 있었다. 복도와 마찬가지로 화려한 문양과 장식이 가득했다.

"황실 친위대 9조 조장입니다. 특무군 사령관님의 신원을 확인했습니다."

문을 지키고 있던 친위대원 중 한 명이 아레스에게 몇 걸음 다가와 말했다. 그리고 몸을 돌려 수신호를 보내자 대기하고 있던 부하들이 문을 열었다.

"수고가 많군."

"집무실에서 황제 폐하께서 기다리고 있습니다."

"알겠다."

황실 친위대 조장이 옆으로 물러나자 아레스는 집무실 안으로 들어갔다.

황실 친위대원 몇 명이 집무실 내부를 지키고 있었고 창가 쪽의 책상 앞에 황제가 앉아 있었다.

"특무군 사령관 왔는가?"

언제나 변함없는 권위적인 목소리에 아레스는 말없이 한쪽 무릎을 꿇고 황제에 대한 예의를 갖추었다. 황제가 고개를 끄덕이자 아레스는 몸을 일으키며 입을 열었다.

"종족 연합의 원정대가 러시아에 성공적으로 상륙한 것을 현지의 요원들이 확인했습니다."

"결국 선봉 점령은 종족 연합의 몫이었나……?"

"제국군은 준비되어 있습니다. 황제 폐하께서 명령만 내리신다면 전력을 다해서 침공을 시작할 겁니다."

아레스가 충성을 담아 외쳤다.

"지금이라도 총동원령을 내려주신다면! 왕국 연합을 단숨에 박살 내고 침공 계획을 진행할 수 있습니다."

총동원령이 발령되면 제국의 모든 병력이 소집되고 징병이 시작된다. 아레스는 자신감이 넘쳤지만, 황제는 고개를 저으며 입을 열었다.

"아직은 때가 아니다. 그리고 특무군 사령관도 알고 있지 않은가?"

"종족 연합이 최종적으로는 러시아에서 물러날 수밖에 없다는 것을 말입니까?"

놀랍게도 특무군 사령부에서는 이미 종족 연합의 러시아 상륙 결과를 예상하고 있었다. 황제가 알고 있을 정도면 꽤 신빙성 높은 정보인 모양이었다.

"그래. 최종 보고서는 나도 읽었다."

황제가 말했다. 아레스는 고개를 끄덕였다. 최종 보고서를 황제에게 제출한 사람은 바로 특무군 사령관인 자신이었기 때문에 그 내용을 누구보다 잘 알고 있었다.

"얼마 전에 조사 부대를 보냈었습니다. 정보총국의 예상대로 종족 연합, 그중에서도 뱀파이어 파벌의 주력 부대가 차원 관문을 넘지 않고 비밀리에 모습을 감춘 것을 확인했습니다. 다른 파벌의 종족들은 복수심에 눈이 멀어 제대로 파악하지 못한 모양입니다."

아레스는 다른 종족 파벌들을 무시하는 투로 말했지만 뱀파이어 파벌의 행동이 워낙 치밀하고 은밀해서 정보력이 뛰어난 제국에서도 그 사실을 파악하는 게 힘들 정도였다.

"리블하인이 뭔가 노리고 있는 건 확실하군. 특무군 사령관은 제국군 사령부와 연계해서 그 어떤 상황에도 대비할 수 있도록 하라."

"황명을 받들겠습니다!"

음모를 꾸미는 자들과 그것을 알고 있는 자들의 밤은 깊어만 간다.

모스크바 주변은 전쟁터였다. 최종 저지선에 배치된 헌터들이 몰려드는 마물 무리와 전투를 벌이고 있었고 군 병력이 마물 무리의 접근을 늦추기 위해 후방을 향해 쉬지 않고 포격과 폭격을 가하고 있었다. 다행히 최종 저지선을 돌파하지는 못했지만 위태로운 것은 사실이었다.

'생각보다 심각하네.'

성준의 생각이었다. 당장 성준을 태우고 모스크바 내부의 비행장으로 향하는 수송 헬기 편대를 향해서도 원거리 공격이 쏟아지고 있었다. 헬기 조종사들은 곡예에 가까운 비행술을 펼쳐서 원거리 공격을 회피했다.

"곧 모스크바에 진입합니다!"

지친 듯한 헬기 조종사의 목소리와 함께 수송 편대가 모스크바의 상공에 진입했다.

　마물들의 원거리 공격은 모스크바의 영역까지 침범하지 못했고 그들은 방해 없이 비행장에 착륙할 수 있었다. 수송 헬기에서 성준이 내리자 기다리고 있던 크렘린 궁전 비서관 세르게이가 달려왔다. 그는 다급한 표정으로 입을 열었다.

　"상황이 좋지 않습니다. 관제국 상황실로 모시겠습니다."

　성준은 대답 대신 고개를 끄덕이고는 세르게이와 함께 대기하고 있는 차량으로 이동했다. 한석과 제니퍼가 뒤따랐다. 레이아는 다른 용무가 있는 것인지 이탈했다.

　"동행한 공격대의 손실이 전무하다는 보고를 들었습니다. 러시아를 대표해서 감사를 표합니다."

　성준이 지휘했던 공격대를 구성하고 있던 헌터들 대부분이 러시아 국적이었다. 그래서 그런지 세르게이의 목소리에서 진심이 느껴졌다.

　일부를 제외하면 모두 정부 소속이었으니 어쩌면 세르게이의 동료가 포함되어 있었을지도 모르는 일이었다.

　성준은 공격대의 헌터들을 무사 귀환시켰지만, 모스크바의 상황은 어두웠기 때문에 고개를 끄덕이는 것으로 대답을 대신했다.

　"도착하기 전에 궁금한 게 있으시다면 대답해 드리겠습니다."

　"도대체 상황이 얼마나 심각한 겁니까?"

"화면을 보여 드리겠습니다."

성준의 질문에 세르게이는 품속에서 작은 태블릿을 꺼내 보여주었다. 화면에는 군사 목적으로 보이는 러시아 지도가 보였다. 지도의 일부분은 붉게 물들어 있었다.

"간단하게 설명해 주시죠."

설명 없이 태블릿의 화면으로만 봐서는 러시아의 상황을 판단하기 힘들었다. 성준의 물음에 세르게이는 어두운 표정으로 입을 열었다.

"붉게 물든 곳은 마물들에게 점령당한 곳입니다."

"이게 전부?"

"그렇습니다."

성준은 놀랄 수밖에 없었다. 러시아 지도의 상당 부분이 붉었기 때문이었다.

"러시아의 절반 이상이 점령당했습니다."

절망적인 소식을 전하는 세르게이의 목소리가 가늘게 떨렸다. 감정이 요동칠 수밖에 없을 것이다.

러시아는 그의 모국이었으니까.

차 안에서의 짧은 설명이 끝나기 무섭게 레이드 관제국에 도착했다. 관제국은 바쁘게 돌아가고 있었다. 앉아 있는 사람이 거의 없을 정도로 모두가 바쁘게 뛰어다니고 있었다. 성준과 세르게이 등은 상황실이 있는 지하를 향해 황급히 발걸음을 옮겼다.

"12구역에 기갑 사단 배치해!"

"14공격대에서 최소 S급 헌터의 지원을 요청하고 있습니다! 오크 검성이 4체 출몰했다고 합니다!"

"9공격대에서 예비 공격대의 지원을 요청하고 있습니다!"

"이제 예비 공격대가 남아 있지 않습니다!"

상황실도 혼란스럽고 바쁜 건 마찬가지였다. 여기저기서 절망적인 보고가 수뇌부를 향해 줄지어 전달되고 있었고, 벽면의 커다란 모니터는 최종 저지선이 위태롭다는 것을 보여주고 있었다.

"총괄 국장님은?"

성준이 세르게이를 보며 물었다.

세르게이는 수뇌부가 모여 있는 방향을 가리키며 입을 열었다.

"저쪽에 계십니다. 지금 안내하겠습니다!"

성준은 세르게이와 함께 수뇌부로 이동했다. 간부들은 성준과 세르게이가 수뇌부에 들어왔다는 사실을 인지하지 못할 정도로 바빴다.

"아! 강성준 씨!"

관제국 간부로부터 레이드 상황을 보고 받고 있던 총괄국장 하노프가 뒤늦게 성준을 발견했다. 관제국의 총괄국장은 레이드 상황이 발생했을 때 군의 행동조차 지휘할 수 있는 높은 직위였다.

하지만 상황이 좋지 않다 보니 그 권한과 책임감이 무거운 부담이 되어 돌아온 것인지 지치고 힘들어 보였다.

"이쪽으로 오세요!"

그는 마치 구원자를 발견하기라도 한 것처럼 밝아진 표정으로 손짓했다.

성준은 하노프가 무슨 말을 할지 궁금해서 그의 앞에 다가가 섰다.

하노프는 테이블 위에 커다란 태블릿을 올려놓았다. 방금 전에 세르게이가 보여줬던 것과 비슷한 지도가 보였다.

"현 상황입니다."

"중앙 연방 관구에 모든 공격이 집중되고 있네요."

세르게이의 사전 설명이 있었던 덕분에 지도를 보고 상황을 읽어낼 수 있었다. 다른 연방 관구도 공격받고 있으며 점령된 곳이 많았지만, 모스크바가 있는 중앙 연방 관구만큼 종족 연합의 전력이 집중된 곳은 없었다.

하노프는 고개를 끄덕이며 입을 열었다.

"그렇습니다. 중앙 연방 관구, 그중에서도 특히 모스크바에 공격이 집중되고 있습니다."

성준은 두 눈을 가늘게 뜨고 태블릿 화면의 지도를 빠르게 다시 살폈다. 모스크바 주위에 거대한 포위망이 형성되려고

하고 있었다. 종족 연합의 주력군이 중앙 연방 관구에 상륙한 게 분명했다.

"그나마 강성준 씨가 4번 차원 관문을 파괴해 주서서 최종 저지선이 버틸 수 있었습니다."

4번 차원 관문이 파괴되면서 다수의 마물 군대가 역소환 되지 않았다면 이미 모스크바는 함락되었을지도 모른다고 하노프는 생각하고 있었다. 실제로 다른 간부들도 그럴 가능성이 크다고 생각했다.

"그렇습니까? 다행이군요."

"하지만 아직 안심할 수는 없습니다. 최종 저지선이 버티려면 차원 관문을 하나 정도는 더 파괴해야 합니다. 이대로는 24시간을 버티기 힘듭니다."

하노프가 말했다. 그는 넌지시 성준에게 재출격을 부탁하고 있었다. 그것도 너무나 당연하다는 듯이.

존재하지도 않는 의무를 강요하는 듯한 태도에 성준은 눈살을 찌푸리며 대놓고 불쾌한 기색을 드러냈다.

"저 방금 돌아왔습니다. 그리고 착각하시는 게 있는 것 같은데, 저한테 러시아 수호의 의무는 없습니다."

"하, 하지만 마정석을 지불하기로……."

하노프가 말끝을 흐렸다. 그는 성준과 러시아 대통령 간의 밀약을 알고 있었다.

성준은 답답한 표정으로 고개를 저으며 입을 열었다.

"그건 '면죄부'였지 연합 위원회의 군대를 고용한 비용이 아니라는 것을 잘 알고 있을 텐데요?"

한석이 성준의 말을 통역하자 하노프의 얼굴이 창백해졌다. 그 모습을 보며 성준은 입꼬리를 끌어 올렸다.

"지금 당장 군대를 물리겠다는 정신 나간 행동을 하지는 않겠지만 저의 지원을 당연하다는 듯 받아들이지는 마세요."

호의가 계속되면 권리로 느낀다. 이번에 그것을 뼈저리게 느끼는 성준이었다.

"하, 하지만 강성준 씨가 나서주지 않으면 최종 저지선이 무너지고 모스크바는 점령될 겁니다!"

하노프가 다급한 목소리로 말했다.

성준은 고개를 저었다. 긴장과 부담 때문에 정신이 나간 것인지 말이 통하지 않았다. 이렇게 되면 강경하게 나갈 수밖에 없다.

"저도 남은 마력이 많이 없어서 위험 부담이 큽니다. 게다가 예비 공격대도 없는 상황이라 저를 혼자 보내려던 게 아니었습니까?"

"그, 그건 맞지만……."

"정신이 나갔군요. 제가 한국인이니 죽어도 좋다는 겁니까? 연합 위원회의 군대를 즉시 퇴각시키겠습니다. 쓸데없는 피를 너무 흘렸군요."

"제, 제발⋯⋯! 죄송합니다! 러시아를 구해주십시오!"

하노프가 무릎을 꿇었다.

성준은 속으로 싸늘한 웃음을 흘렸다. 하지만 부족했다. 그는 자신을 희생시키려고 한 러시아를 대가 없이 계속 도와줄 생각이 사라진 상황. 요구할 게 있었다.

"자선 사업은 끝났습니다. 대가를 지불하세요."

"하, 하지만 마정석은 이미 지불하기로 했잖습니까⋯⋯."

"러시아군 최고 지휘권을 넘기세요."

성준이 말했다.

악랄하게 보일 수도 있지만 먼저 잘못을 한 쪽은 러시아였다. 협상할 때 상대방의 최악은 본인이 최상의 결과를 낼 수 있는 비장의 카드가 될 수 있다는 것을 성준은 잘 알고 있었다.

그는 싸늘한 미소를 머금은 채 입을 열었다.

"그럼 러시아 대통령을 불러오세요."

위험 부담이 큰일에는 대가가 필요했다.

"아, 알겠습니다⋯⋯!"

레이드 관제국의 총괄국장 하노프는 즉시 러시아 대통령에게 이 사실을 보고했다. 성준을 화나게 했으니 다른 방법이 없었다.

-하노프 국장! 자네 이렇게 멍청했었나?

상황실의 따로 분리된 공간에서 통신을 연결하여 상황을 설명하기 무섭게 러시아 대통령의 화난 음성이 넘어왔다.

자신이 잘못한 게 분명했기 때문에 하노프는 입술을 살짝 깨문 채 고개를 숙였다. 그는 쉽게 입을 열지 못했다.

-말을 해보게! 그 강성준한테 했던 것처럼 그 잘난 입을 열어보라는 말이네!

"그, 그럴 수밖에 없었습니다. 24시간 안에 최종 저지선이 무너질 상황이었습니다."

-어이가 없군!

하노프가 간신히 입을 열고 대답했다.

하지만 정답은 아니었던 모양이었다. 러시아 대통령의 분노는 좀처럼 가라앉지 않았다.

-정말 그게 최선이었나?

날카로웠다. 러시아 대통령이 던진 질문은 마치 단검처럼 날아와 하노프의 심장에 꽂혔다.

"죄송합니다. 모두 제 잘못입니다."

-상황이 많이 안 좋은 것인가?

"연합 위원회의 군대가 물러나지 않더라도 당장 강성준이 차원 관문을 추가로 파괴해 주지 않으면 최종 저지선은 24시간 안에 무너집니다."

-우리 쪽 SS급 헌터들은 뭘 하고 있는 건가?

"모두 최종 저지선 방어에 투입되었습니다. 상황은 생각보다 많이 좋지 않습니다. 대통령님."

하노프의 보고에 러시아 대통령은 입을 다물었다. 짧은 고민이 끝나고 그는 결정을 내렸다.

-군의 최고 지휘권을 넘기는 게 좋을 것 같네. 크렘린 궁전 관계자들에게는 내가 전달하겠네.

"대, 대통령님……."

하노프가 눈물을 머금었다. 자신의 잘못으로 일이 이렇게 커질 줄은 예상조차 못 한 것이었다.

러시아 대통령은 한숨과 함께 입을 열었다.

-종합 보고서를 봐도 그렇고 총괄국장의 말을 들어봐도 이 결정이 최선인 것 같군. 러시아가 사라지는 것보다는 군 최고 지휘권을 넘기는 게 좋다고 생각하네.

군 최고 지휘권을 넘긴다는 결정은 쉽게 마음먹을 수 있는 게 아니었다. 하지만 러시아 대통령은 상황이 좋지 않으니 내각에서도 반대 의견은 없을 것이라고 생각했다.

-가서 강성준에게 전하게. 러시아군 최고 지휘권을 넘겨주겠다고 말이야. 내가 지금 관제국으로 가겠네.

"알겠습니다."

통신이 종료되었다.

러시아 대통령이 얼마나 큰 결심을 한 것인지 하노프는 알고 있었기에 굳은 얼굴로 발걸음을 옮겼다.

통신실에서 나오자 상황실 수뇌부 의자에 앉아 있는 성준의 모습이 보였다. 다급한 주변 분위기와 달리 그에게서는 여유가 느껴질 정도였다.

"허가는 받으셨습니까?"

성준이 물었다. 질문을 하면서도 하노프의 대답은 정해져 있다고 생각했다. 그만큼 러시아의 상황은 좋지 않았다. 원래 이렇게까지 할 생각은 없었지만 하노프가 먼저 선을 넘었다. 이왕 이렇게 된 거 냉정하게 밀고 나갈 생각이었다. 손해 보거나 대가 없는 위험을 감수할 생각은 절대 없었다.

"대통령님께서 이곳으로 오고 계십니다."

하노프는 감정을 다스린다고 노력했지만 완전히 숨기지는 못했다. 목소리에서 다소의 원망이 묻어 나왔고 성준은 그것을 알아챘다.

아직도 정신을 못 차리는 듯한 모습에 리슈발트는 어이가 없다는 표정으로 입을 열었다.

-총괄국장은 현명한 성격이 아닌 것 같습니다.

주변에 사람들이 많아서 고개를 끄덕이지는 않았지만 성준도 리슈발트의 의견에 동의했다.

그가 조금만 더 현명한 성격이었다면 표정 관리를 위해 더 노력했을 것이다.

"저는 숙소에서 쉬고 있겠습니다."

-숙소에서 말입니까?

하노프가 물었다. 그래도 한 나라의 대통령이 찾아오는 것인데 성준이 본인의 숙소에서 기다리겠다고 하니 어이가 없는 모양이었다.

하지만 현재 러시아는 성준의 도움이 간절했기 때문에 지적할 수 있는 상황이 아니었다.

"가자. 한석아."

성준은 한석, 그리고 제니퍼와 함께 먼저 발걸음을 옮겼다. 크렘린 궁전의 비서관을 맡고 있는 세르게이가 주변의 눈치를 살피다 뒤늦게 합류했다.

그가 받은 지시는 성준이 러시아에 있는 동안의 보좌였기 때문에 그와 함께 행동해야만 했다.

"괜찮겠습니까?"

"아무 일도 없을 겁니다."

제니퍼가 우려를 표했지만 성준은 확신에 찬 얼굴로 고개를 저었다. 모스크바 상황이 악화된 지금 상황에서 러시아는 그의 도움을 정말 많이 필요로 했다.

"그리고 먼저 선을 넘은 쪽은 러시아입니다."

성준이 강조하자 제니퍼는 고개를 끄덕였다. 그녀도 옆에 있었기 때문에 하노프가 성준에게 심하게 실례되는 행동을 했다는 것을 알고 있었다. 미국에서도 성준의 적당히 맞출 필요가 있었기 때문에 그녀는 더 이상 이견을 제기하지 않고 얌전히 성준의 편을 들기로 마음먹었다.

"한석아. 남은 마력은 어느 정도야?"

"많지는 않지만, 지금부터라도 회복에 집중한다면 전투 1번 정도는 수행할 수 있을 것 같습니다."

숙소에 도착하기 무섭게 성준이 물었다. 한석은 자신의 몸 상태를 설명했다. 이윽고 성준의 시선은 제니퍼에게 향했다. 그녀도 차분한 표정으로 입을 열었다.

"저도 최한석 씨와 비슷한 상태입니다."

"러시아 대통령이 올 때까지 시간이 조금 있으니까 쉬어두는 게 좋을 겁니다."

"알겠습니다."

성준은 가볍게 스트레칭을 하며 하품을 했다. 남은 마력량이 많지 않아서 그런지 졸음이 몰려오는 듯한 기분이 들었다.

"세르게이 씨?"

성준은 세르게이를 불렀다. 문이 있는 방향에서 긴장한 얼굴로 대기하고 있던 세르게이가 깜짝 놀라서 성준을 향해 몸을 돌렸다.

"네?"

"대통령님이 오면 불러주세요."

"알겠습니다."

대답을 듣기 무섭게 침실로 들어가 침대에 몸을 던졌다. 푹신한 곳에 누워 있으니 누적된 피로가 조금이나마 풀리는 것 같았다.

-주군! 현명하신 판단이었습니다!

리슈발트는 감탄했다.

-러시아군의 최고 지휘권을 얻게 된다면 훗날 제국과 전면전이 벌어졌을 때 유용할 것입니다!

성준은 대답 대신 고개를 끄덕였다. 눈을 감고 휴식을 취했다. 리슈발트도 더 이상 방해하지 않았다.

30분 정도의 시간이 흘렀을까?

"강성준 씨. 대통령님께서 오셨습니다."

세르게이가 짧은 노크와 함께 러시아 대통령이 찾아왔다는 것을 알렸다. 성준은 침대에서 일어났다.

자고 있었던 게 아니었기 때문에 반응이 빨랐다. 문을 열고 나가자 세르게이가 여전히 긴장한 얼굴로 서 있었다.

"응접실에 계십니다."

"안내 부탁하겠습니다."

숙소는 별장 형태였기 때문에 응접실이 층마다 있었다. 세르게이가 몇 층 응접실인지 언급하지 않았기 때문에 성준은 안내를 부탁했다.

2층이었다.

세르게이가 응접실 문을 열었다. 안으로 들어가자 앉아 있던 러시아 대통령이 옷매무새를 정돈하며 몸을 일으켰다.

"몸은 괜찮으십니까?"

"잠깐 쉬었더니 조금 나아진 것 같네요."

러시아 대통령의 물음에 성준이 대답했다. 그가 먼저 소파에 앉자 러시아 대통령도 그의 앞에 앉았다.

그가 손짓하자 동행한 수행원이 조약서를 꺼내서 탁자 위에 올려 두었다.

"조약서를 찾으실 것 같아서 가져왔습니다."

"좋습니다."

성준은 만족스러운 표정으로 고개를 끄덕였다. 하노프와 달리 러시아 대통령과는 말이 잘 통하는 편이라서 다행이었다.

'일단은 살고 보자.'

자존심을 내세우다가 국가를 멸망시킨 비운의 대통령이 되고 싶지는 않았다. 러시아군 최고 지휘권을 넘기는 것만 해도 상황이 많이 꼬인 것이었지만 국가가 사라지는 것보다는 훨씬 낫다고 생각했다.

"확인했습니다."

조약서에 문제는 없었다. 제니퍼가 옆에 없어서 보좌는 없었지만, 성준도 그동안 연합 위원회의 업무를 보면서 조약에 대한 지식을 넓게 이해하고 있었다.

하지만 놓친 부분이 있을 수도 있다고 생각했기에 제니퍼를 호출하여 최종 검토를 맡겼다.

"문제없습니다."

제니퍼가 확인을 끝냈다.

성준은 고개를 끄덕인 뒤, 러시아 대통령을 향해 시선을 옮겼다.

"좋습니다. 이대로 서명하시죠."

"서명하는 순간부터 조약이 완성됩니다. 그래도 군 최고 지휘권을 부여받으려면 모스크바가 안전해져야 합니다."

러시아 대통령이 강조했다.

성준은 굳이 대답하지 않았다. 그 정도는 조약서를 꼼꼼하게 읽으면서 숙지해 둔 내용이었다.

"공격대 지원은 힘들지만 러시아군의 화력 지원이 있을 겁니다."

화력 지원조차 장담하지 못했던 하노프와는 달랐다. 러시아 대통령은 한 국가의 수장답게 협상을 조율할 줄 아는 사람이었다.

화력 지원은 마물을 제거할 수는 없지만, 효과가 없는 것은 아니었다. 그리고 무엇보다 대우의 문제였다. 하노프와 달리 최소한 뒤를 봐주겠다는 의미가 있지 않은가!

"그럴 필요 없습니다. 미사일 한 발이면 충분합니다."

"미사일 한 발……? 설마……."

"그 설마가 맞습니다. 미사일 타고 차원 관문까지 가는 게 수송 헬기보다는 효율적일 것 같네요."

성준은 차분한 표정으로 대답했다. 무모하다고 생각될 지도 모르겠지만 미사일에 폭탄을 빼고 쏜다면 훌륭한 이동 수단이 될 것이다. 일반인한테는 무리겠지만 성준에게는 '앱솔루트 실드'가 있었다. 낙하의 충돌로 인한 충격 정도는 '앱솔루트 실드'가 흡수할 수 있었다.

성준이 호언장담을 하자 러시아 대통령도 미사일을 이동수단으로 사용한다는 계획에 신뢰를 가지게 되었다.

"미사일 부대에 연락을 해두겠습니다."

"지금 바로 이동하겠습니다. 충분하지는 않지만 아직 마력이 남아 있으니까요."

비서관이 즉시 미사일 부대에 연락했다. 이윽고 발사 준비가 끝났다는 보고에 성준은 세르게이가 운전하는 차량을 타고 미사일 부대로 향했다.

"미사일이 배치된 곳까지 안내하겠습니다! 준비는 끝났습니다!"

부대에 도착하자 젊은 장교가 달려와 성준을 맞이했다. 그의 안내를 받아서 이동한 곳에는 이동식 미사일 발사대가 있었다.

미사일은 약간의 개조를 거친 듯 특이한 모양새였는데 마법계 헌터의 도움을 받은 것인지 마력의 잔재가 느껴졌다.

하긴, 짧고 제한된 시간 안에 사람이 탑승할 수 있게 개조를 하려면 마법계 헌터의 힘이 필요했을 것이다.

"정밀 유도 장치가 부착되어 있습니다. 방해만 없다면 목표 지점까지 도착하는 건 어려운 일이 아닙니다."

장교가 설명했다. 동행한 한석이 설명해 주었다.

성준이 고개를 끄덕이자 장교는 쓴웃음을 머금은 채 다시 입을 열었다.

"미사일의 속도를 마물들이 따라잡을 리가 없으니 방해는 없겠지만 문제는 충돌할 때의 충격입니다."

"그건 걱정하지 않아도 됩니다. 저한테는 방어 수단이 있으니까요."

"역시 SS급 헌터님답습니다!"

장교는 감탄했다.

성준은 미사일 내부에 마련된 의자에 탑승하여 안전벨트를 착용했다. 의미 없는 안전벨트였지만 심리적인 안정감이 느껴지는 것 같기도 했다.

"발사!"

밖에서 희미한 목소리와 들리는 것과 동시에 미사일이 점화되었다.

2장
러시아의 영웅

미사일은 7번 차원 관문 근처에 떨어졌다.

충돌로 인해 조각 난 미사일의 파편 더미 아래에서 성준이 솟구쳤다. 충돌 직전에 '정의로운 방패'에 내장된 스킬인 '앱솔루트 실드'를 사용한 덕분에 그의 몸에서 상처를 찾아볼 수 없었다.

-보스와 하수인 마물들을 제외하면 주변에 다른 무리는 보이지 않습니다!

먼저 상황을 파악한 리슈발트가 보고했다.

성준은 반지 형태의 로엘을 검의 모습으로 변형시킨 뒤, 마력을 끌어 올렸다. 마력에 의해 자극받은 감각이 위험을 경고했다. 그는 눈동자를 빠르게 움직여 주변을 살폈다.

자신을 향해 날아오는 수많은 공격 마법들이 보였다. 성준은 '앱솔루트 실드'를 사용하는 대신 다른 방법을 선택했다.

"블링크!"

공격과 방어를 동시에 할 수 있는 '블링크'를 사용했다.

"블링크다!"

"은신까지 쓴 것 같습니다!"

"어디서 튀어나올지 모른다! 긴장해라!"

그의 몸이 사라지고 다시 나타나지 않자 차원 관문을 지키고 있던 엘프들이 일제히 검을 뽑아 들었다.

"저기 있다!"

SS급 마물로 분류되는 엘프 로드가 모습을 드러냈다. 날카로운 시선이 정확히 성준이 있는 곳에 멈췄다. 그녀가 손을 들어 올리자 차원의 문이 열리고 정령들이 모습을 드러냈다. 용암 대전사와 폭풍 군주, 그리고 무영 살객으로 구성된 S급 마물들이었다.

엘프 로드의 명령을 받은 충직한 정령들은 성준을 제거하기 위해 움직였다. 움직임이 빠른 폭풍 군주와 무영 살객이 먼저 성준에게 도착했다.

-주군!

"알고 있어!"

성준의 목소리가 터져 나오는 것과 동시에 은신에 해제되며 그의 몸이 드러났다. 발각된 이상 더 이상의 은신은 무의미했다. 오히려 그것을 유지하느라 행동에 제약이 더 많았다.

"하앗!"

짧은 기합과 함께 휘둘러진 검이 폭풍 군주의 목을 베었다. 치명상을 입은 정령은 무기를 놓고 허우적거렸다.

성준은 순식간에 검을 회수한 뒤, 결정적인 일격을 가했다. 일순간의 섬광과도 같은 찌르기 공격에 당한 폭풍 군주는 결국 역소환되고 말았다.

무영 살객이 빈틈을 발견하고는 소검을 들어 올렸다. 검을 회수하기 전에 흉부를 찌를 수 있을 것이라고 판단하여 행동했지만…….

"리슈발트!"

–……!

리슈발트의 영혼격에 치명적인 피해를 입고 물러날 수밖에 없었다.

"이, 이럴 수가!"

자신이 소환한 S급 정령들이 무력하게 역소환되는 모습에 엘프 로드는 크게 당황했다.

"하, 하얀 악마가 이렇게 강할 줄이야……! 이렇게 되면……!"

그녀의 시선이 용암 대전사에게 향했다. 그를 앞으로 보내고 다른 정령들을 추가로 소환할 생각이었지만 유감스럽게도 용암 대전사의 미간에는 성준이 언제 던졌는지 모를 단검이 꽂혀 있었다.

용암 대전사의 육체가 빠르게 무너지며 역소환되었다.

"아……?"

탄식을 쏟아냈다. 잠깐 용암 대전사에게 시선이 향했던 사이에 하얀 악마의 모습이 사라져 있었다.

"로, 로드이시여……."

"도망치십시오……!"

그녀가 배후에서의 기척을 느낀 순간 호위를 맡고 있던 엘프 검성 둘이 피를 쏟아내며 쓰러졌다.

"마, 말도 안 돼…… '검성'이 이 정도였다니……."

엘프 로드는 두려움에 질린 표정으로 고개를 저었다. 실전 경험이 풍부하지 않은 것인지 그녀는 성준이 쏟아내는 잔혹한 살기의 파도 앞에서 저항할 생각조차 포기한 것 같았다.

이미 그는 동조율 75%가 되면서 SSS급의 경지에 도달한 상태였기 때문에 살기의 농도 또한 예전에 비해서 더욱 짙어졌다.

SS급이라고는 하지만 실전 경험이 부족한 그녀가 일시적으로 이성을 상실하게 하기에 충분할 정도였다. 그녀는 곧 정신을 차렸지만, 성준의 칼날이 흉부를 관통하고 있었다.

"커, 커헉!"

엘프 로드의 입에서 고통에 찬 신음과 함께 핏물이 쏟아졌다. 성준이 검을 뽑아내자 그녀는 비틀거리다가 힘없이 쓰러졌다.

 -S급 마물 5체와 SS급 마물인 엘프 로드를 3분 만에 해치우셨습니다. SSS급 헌터 레이아가 전력을 다한 최고 기록을 갈아치우셨습니다!

리슈발트가 감탄했다. 그는 TV와 인터넷을 통해 학습하면서 레이아의 사냥 기록을 꿰고 있었다. 비공식적이었지만 기록 교체가 이루어진 순간이었다. 75%의 동조율과 전생의 전투 경험이 없었다면 불가능했을 것이다.

"로, 로드!"

"로드께서 당하셨다!"

성준의 움직임에 반응하지 못했던 엘프들이 뒤늦게 로드의 죽음을 확인하고 몰려들기 시작했다. 그 수가 수백이 넘었고 대부분 A급 이상의 실력자들이었지만 성준에게서는 여유가 넘쳤다.

바로 옆에 차원 관문을 유지하는 수정이 있기 때문이었다.

"하얀 악마가 차원 수정을 파괴하려고 한다!"

"막아!"

엘프들이 다급하게 움직였지만 오러를 머금은 칼날은 차원 수정에 향하고 있었다. 그나마 엘프 중에서 고속 이동술이 능숙한 몇몇 검성들이 일순간에 거리를 좁혔지만.

"늦었어."

성준의 싸늘한 미소와 함께 차원 수정이 파괴되었다. 역소환이 시작되었다. 성준을 향해 무기를 겨눴던 엘프들이 순백의 섬광과 함께 빠르게 사라져갔다. 7번 차원 관문을 통해 러시아에 상륙한 다른 마물들도 모두 역소환되었을 것이다.

"돌아가는 게 문제네."

성준은 짧은 한숨을 내쉬었다. 그의 옆을 지키고 있던 리슈발트도 고개를 끄덕이며 동의했다.

-주군. 공중 수송 지원을 요청하는 게 좋지 않겠습니까?

"그래…… 그게 좋겠다."

성준은 고개를 끄덕이며 안주머니에서 무전기를 꺼냈다. 5체 이상의 S급 마물과 SS급으로 분류되는 엘프 로드 하나. 그리고 수천의 마물들과의 전투를 벌였음에도 불구하고 무전기는 멀쩡했다. 성준이 단 한 차례의 공격도 허용하지 않았다는 증거였다.

-주군의 빠른 성장 속도는 놀라울 정도입니다. 저는 진심으로 감탄했습니다.

리슈발트가 말했다.

성준은 대수롭지 않게 고개를 끄덕이고는 레이드 관제국 상황실에 수송 헬기 지원을 요청했다. 곧 수송 헬기 1대가 다수의 공격 헬기의 호위를 받으며 착륙했다.

"생각보다 빨리 오셨네요."

수송 헬기 내부에 탑승한 군인 중에 한국인이 있었다. 성준은 자연스럽게 말을 걸었다. 최종 저지선의 상황이 안 좋다고 마지막으로 들었기 때문에 조금은 늦을 수도 있다고 생각했었다.

"강성준 헌터님께서 7번 차원 관문을 파괴해 주신 덕분에 전황이 호전되었습니다."

"다행이네요."

한국 군인이 대답했다.

성준은 고개를 끄덕였다. 대가를 받고 시작한 일이었지만 모스크바를 구했다고 생각하니 기분이 나쁘지 않았다.

수송 헬기가 이륙했다. 짧지만은 않은 비행 끝에 모스크바 상공에 진입했다.

처음 탑승했을 때 성준의 질문에 대답한 한국 군인이 성준의 어깨를 조심스럽게 두드리며 입을 열었다.

"강성준 헌터님. 창밖을 보십시오."

그의 말에 성준은 아무 생각 없이 창밖으로 시선을 옮기자 볼 수 있었다.

자신이 구해낸 러시아를! 그리고 모스크바를!

모스크바의 모든 시민이 대피소에서 나와서 성준이 탄 수송 헬기를 향해 손을 흔들고 있었다. 옥상에 올라간 사람들도 보였다. 빈 옥상에는 서툰 솜씨로 적은 한국어 문장들이 보였다.

모두 모스크바를 위해 활약한 성준의 활약을 찬양하고 감사를 표하는 내용들이었다.

-주군, 무엇이 보입니까?

"내가 구한 러시아가 보여."

리슈발트의 물음에 성준이 대답했다. 혼잣말이라고 하기에는 목소리가 컸지만 상관없었다.

비록 대가를 받고 움직였지만, 피의 땅이 될 뻔한 러시아의 수도를 구했다는 보람은 생각보다 컸다. 성준의 입가에 선명한 미소가 번지고 있었다.

✦

성준이 수송 헬기를 타고 귀환하는 동안 휴식을 끝낸 SSS급 헌터 레이아는 자신의 공격대와 함께 8번 차원 관문 파괴를 위해 이동을 시작했다.

7번 차원 관문이 파괴되면서 다수의 마물들이 역소환되면서 여유가 생겼다. 덕분에 레이아가 움직일 수 있게 되었다.

"감사합니다! 레이아 씨!"

8번 차원 관문으로 향하는 수송 헬기 안에서 이든이 레이아를 보며 감사를 표했다.

"괜찮아. 나도 심심했어."

레이아가 대답했다.

그녀는 엄밀하게 따지면 미국 정부 소속은 아니었다. 게다가 현재까지 공식적으로는 지구에서 유일한 SSS급 헌터였기 때문에 강제적인 동원이 불가능했다. 그녀는 자신이 내킬 때마다 미국 정부와 협조를 하고는 했는데 그 성격이 특이해서 행동을 예상하기 힘들었다.

"러시아 정부가 많이 고마워하고 있습니다."

이든이 말했다.

러시아 대통령도 레이아의 별난 성격에 대해서 알고 있었다. 그래서 개인적으로 연락을 보내서 감사를 표하기도 했다.

"그래. 나도 알아. 그리고 다 왔으니까, 전투 준비해."

"알겠습니다! 총원 전투 준비!"

레이아의 표정이 진지해졌다. 언제나 여유로운 그녀가 이런 모습을 보일 때는 만만치 않은 적들이 있다는 증거였다.

이든은 굳은 얼굴로 고개를 끄덕였다. 그가 지시를 내리자 훈련받은 정부 소속 헌터들이 전투를 준비했다.

"강하!"

헌터들이 일제히 수송 헬기 밖으로 뛰어내렸다. 고도가 높았지만 탑승한 헌터들은 모두 B급 이상의 괴물들이었다.

그들에게 이 정도 높이는 위협이 되지 못했다. 하늘에서 헌터들이 비처럼 쏟아지자 마물 무리의 주력을 이루고 있는 트롤들이 일제히 고개를 들어 올렸다.

트롤 군대의 방공망을 통과하느라 너덜너덜해진 수송 헬기들에서 헌터들이 강하를 이어갔다. 레이아와 이든은 상공에서 A급 이상의 마물들을 요격했다.

"원거리 부대가 출몰했습니다!"

"내가 맡을게."

이든이 검지가 향한 곳에 트롤 제사장과 주술사들로 구성된 원거리 공격 부대가 있었다. 그 수가 30체가 넘었다.

그들의 공격이 편대에 집중된다면 강하 중인 헌터들이 큰 피해를 입을 게 분명했다. 레이아는 빠르게 판단하고 대답과 함께 원거리 공격 부대를 향해 손을 들어 올렸다.

"블리자드."

대마법 수준의 광역 공격 마법이 완성되었다. 너무나도 캐스팅 속도가 빨라서 트롤 제사장조차 주술로 맞대응하지 못했다. 트롤령의 원거리 부대가 일격에 소멸했고 그 자리에는 목표를 잃은 얼음 폭풍이 휘몰아치고 있었다.

그녀가 손을 흔들자 블리자드는 영역을 넓히더니 하수인 마물 절반을 집어삼켰다.

"절반이 무너졌다!"

"몰아붙여!"

헌터들이 공격을 시작했다. 최종 저지선에서의 끝없는 사투로 지쳐 있었지만 레이아가 혼자서 절반 이상의 마물들을 처리해 버린 덕분에 어려운 전투는 아니었다.

모든 전투가 끝나고 레이아는 다른 마물들이 접근하기 전에 차원 수정을 파괴했다. 8번 차원 관문으로 상륙한 마물들이 모조리 역소환되었다.

"최종 저지선으로부터의 보고입니다. 상황이 좋아졌다고 합니다. 모두 레이아 씨에게 감사하고 있어요."

이든이 다가왔다.

"그래. 잘됐네."

"그런데 너무 무리하신 거 아닙니까?"

조금 전의 블리자드는 이든이 보기에도 엄청났다.

"그냥…… 뒤처지고 싶지 않았거든."

의미를 알 수 없는 레이아의 말이 허공에서 흩어졌다.

"상황이 좋지 않아요."

매력적인 금발에 선명한 녹색 눈동자를 가진 하이 엘프 로드, 나이아스가 말했다. 목소리는 차분했지만 복잡한 감정이 뒤섞여 혼란스러운 것을 종족 연합의 다른 대표들은 느낄 수 있었다.

엘프 파벌과 오크 파벌의 대표들은 고개를 끄덕이며 동조했지만 뱀파이어 파벌의 대표들은 무표정한 얼굴로 침묵을 지켰다.

그 모습이 답답했던 것인지 드워프 대표, 레드비어가 눈을 부라리며 입을 열었다.

"러시아가 반격의 깃발을 들어 올렸더군. 지구의 국가들이 연합하여 지원군도 보내고 있다고 하더군."

"그렇겠지."

용족 대표 로디엄이 시큰둥하게 대답했다. 그 태도는 레드비어를 자극하기에 충분했다.

"우리가 러시아 절반을 점령할 동안 자네들은 무엇을 하고 있었던 것인가? 체스나 두고 있었나?"

"말이 지나치군요. 우리도 원정대를 편성해서 보냈습니다. 다만, 상륙 지점이 나빴을 뿐입니다. 드워프 대표도 알겠지만, 이번 상륙은 규모가 커서 일주일 전부터 차원 관문을 열어놓아야 했습니다. 자연히 인간들도 준비할 시간이 있었겠지요?"

뱀파이어 대표 리블하인이 말했다.

"큭!"

레드비어는 반박하지 못했다. 지구의 군대가 상륙 지점 근처에서 저지선을 펼친 채 기다리고 있었던 것은 사실이었기 때문이었다.

"인간들이 저지선을 구축해 두었다고는 하지만 강대한 뱀파이어 파벌의 군대 대부분이 전멸했다는 건 말이 안 되는 것 같은데요?"

"운이 좋지 않았습니다. 적의 주력군이 포진해 있었던 모양이더군요."

나이아스가 가볍게 도발했지만 리블하인은 넘어가지 않았다. 종족 연합에서 가장 거대한 세력인 뱀파이어령의 대표가 되기 위해서 가져야 할 자질은 무력이 전부가 아니었다. 그는 외교와 처세술에도 능했으며 특히 음모와 계략을 꾸미는 것에도 일가견이 있었다.

'뭔가 이상해⋯⋯.'

다른 대표들은 고개를 끄덕였지만, 엘프 대표를 맡고 있는 나이아스는 의심 가득한 시선을 거두지 않았다. 지구의 군대가 미리 저지선을 구축했다고는 하지만 이곳에서 출발한 군대의 수에 비해 도착해서 살아남았다고 주장하는 이들의 수가 너무 적었다.

'정보가 부족해.'

나이아스는 뱀파이어에 대해 의심을 품었지만 이내 고개를 저으며 생각을 바꿨다. 섣부르게 판단을 내리기엔 일렀다. 종족 연합에서 뱀파이어 파벌이 가지고 있는 무력이 엄청나기 때문에 확실한 정보 없이 움직였다가는 큰 낭패를 볼 수 있었다. 신중할 필요가 있었다.

"오늘 회의는 이 정도만 하겠습니다. 더 논의해도 명쾌한 해답이 나올 것 같지는 않군요."

리블하인이 회의의 끝을 선고했다. 모두가 돌아가고 뱀파이어 파벌의 대표들만 남게 되자 리블하인이 소름 끼치도록 싸늘한 시선을 흩뿌리며 입을 열었다.

"아무래도 엘프 대표가 불안하군요. 뭔가 짐작하고 있는 것 같습니다."

차가운 목소리는 공기마저 얼어붙게 할 것만 같았다.

"역시 엘프들이 문제군요."

다크 엘프 대표 이시리아였다. 다크 엘프들은 엘프라는 종족을 별로 좋아하지 않았다. 오래전부터 시작된 상성의 문제였다.

"제거해야 하지 않겠습니까?"

"지금처럼 의심을 받고 있는 상황에서 과한 움직임을 보이면 노출됩니다."

용족 대표 로디엄이 암살을 주장했지만 리블하인은 고개를 저으며 대답했다. 그가 마음만 먹으면 나이아스는 다음날 시체로 발견될 테지만 암살을 시도하기에는 상황이 적절하지 않았다.

"안타깝군요."

많이 아쉬운 듯한 목소리였다.

리블하인은 입꼬리를 끌어 올리며 입을 열었다.

"그래도 준비 정도는 해둬서 나쁠 건 없을 것 같군요."

어둠 속에서 불온한 계획이 고개를 들었다.

종족 연합의 뱀파이어 파벌에서 음모가 계획되고 있을 동안 러시아 레이드 관제국 상황실에서는 브리핑이 시작되고 있었다.

"2차 지원군이 러시아 전역에 성공적으로 전개했습니다."

하노프가 상황을 보고했다. 관제국 총괄국장인 그가 이번 브리핑 진행을 맡았다. 그의 앞에는 러시아 대통령과 성준을 포함해 20여 명의 고위 관계자들이 앉아 있었다.

"대대적인 반격 작전이 시작되었지만, 시베리아 연방 관구는 마물들의 손에 완전히 넘어가고 말았습니다. 일주일 전부터 피난을 유도한 덕분에 인명 피해는 예상보다 적었습니다."

인명 피해가 예상보다 적다고는 하지만 없는 것은 아니었다. 수백만 명이 집을 죽었고 그보다 훨씬 많은 수의 사람들이 다치거나 집을 잃었다.

시베리아 연방 관구의 피해만 해도 이 정도였다. 다른 연방 관구들이 입은 피해까지 합산하면 더욱 심각해진다.

"모스크바의 상황은?"

누군가 물었다. 별이 2개 붙어 있는 군복을 입고 있는 것으로 보아 군인인 것 같았다.

하노프가 리모컨을 조작하자 화면이 모스크바 일대의 지도로 바뀌었다.

"대한민국의 강성준 헌터님께서 7번 차원 관문을 파괴하는 활약을 펼쳐주신 덕분에 전황이 안정되었습니다. 흑해를 통해 상륙한 유럽의 헌터들이 이곳으로 오고 있으니 조금만 더 버티면 중앙 연방 관구의 차원 관문은 모두 파괴할 수 있을 겁니다."

"확신할 수 있겠습니까? 차원 관문이 추가 생성되지 않을 만한 보장도 없잖습니까."

또 다른 누군가가 질문을 던졌다.

그도 군 관계자인지 군복을 입고 있었다. 계급장은 한국군의 것과 달라서 알아보기 힘들었지만, 옆을 지키고 있던 세르게이가 질문자의 계급이 '중장'이라는 사실을 알려주었다.

"당분간 러시아에 차원 관문이 열릴 일은 없을 겁니다. 제가 장담할 수 있습니다."

성준의 말을 세르게이가 통역했다.

상황실에 모인 모든 관계자들의 시선이 성준에게 향했다. 시선들 속에는 여러 의미가 섞여 있었다.

"근거가 있습니까?"

"제가 아니라 '파인더'를 개발한 기술자의 의견입니다."

지금 관제국 상황실에 모인 고위 관계자들은 연합 위원회의 존재에 대해 알고 있었다. 그래서 '파인더'를 개발한 기술자의 의견이라는 말에 그들은 미심쩍어하던 시선을 거두어들였다.

군이 그것 때문이 아니라도 성준이 모스크바를 구한 영웅이라는 사실이 신뢰의 이유 중 하나이기도 했다.

"강성준 헌터님의 말이라면 믿을 수 있지."

"암, 그렇고말고."

몇 명이 작은 목소리로 말했다.

하지만 그럼에도 믿지 믿을 수 없다는 표정으로 반박 의견을 제시하는 이들이 몇 명 있었다. 그들 대부분은 레이드 관제국에서도 차원 관문에 관해 연구해 온 인원들이었다. 나름대로 자신들이 연구한 것에 대한 신념과 확신이 있었기 때문에 성준의 말을 좀처럼 믿으려 하지 않았다.

"최한석. 제로스 좀 불러와."

잠시 브리핑이 중단되고 최한석과 함께 제로스가 상황실 안으로 들어왔다. 연구를 하고 있었던 모양인지 방해받았다는 얼굴을 하고 있었다.

그는 날카로운 시선으로 좌중을 한 차례 훑었다. 레이드 관제국 소속의 고위 연구원들은 긴장한 것인지 굳은 얼굴로 제로스의 시선을 받았다.

"곧 차원 관문이 열릴 거라는 주장이 있다고 해서 왔습니다."

"그렇습니다. 전략적인 관점에서 봤을 때…… 지금 당장 차원 관문이 열려도 이상하지 않은 상황입니다."

"그렇죠. 하지만 지금 차원 관문은 추가로 열리지 않고 있습니다. 이상한 상황이죠? 왜 그럴까요?"

날카로운 지적에 말을 꺼냈던 고위 연구원은 쉽게 대답하지 못했다.

제로스는 입꼬리를 끌어 올렸다.

"그럴 수 없기 때문입니다. 이유는 제가 지금부터 설명하겠습니다."

제로스가 설명을 시작했다. 통역 아이템을 사용하고 있었기 때문에 의사소통에 문제가 없었다.

'나도 하나 달라고 해야겠다.'

그 모습을 보며 성준은 생각했다.

얼마 전에 러시아로 출발하기 전에 달라고 했었는데 제로스가 지금까지 말이 없는 걸 보면 여러 바쁜 일 때문에 전달을 잊어버린 것 같았다.

성준은 마음만 먹으면 통역 아이템을 구할 수 있는 위치였지만 던전 레이드에서 루팅되는 것은 전문 마도학자가 만든 것에 비해 마력 소모가 크고 비효율적이었다.

"……이상입니다."

제로스가 설명을 끝마쳤다. 그의 설명은 너무나 완벽했기 때문에 이곳에 자리한 그 누구도 이견을 내놓지 못했다.

-이걸로 끝이군요.

리슈발트의 말대로였다. 작전 개요는 무리하게 차원 관문 공격을 진행하는 것에서 유럽의 지원군이 도착할 때까지 버티는 쪽으로 수정되는 것으로 브리핑과 작전 회의가 끝났다. 성준은 일행들과 함께 숙소로 돌아갔다.

"강성준 헌터님."

숙소로 사용되는 러시아 대통령의 모스크바 내 별장에 도착하기 무섭게 세르게이가 수첩을 꺼내 들며 말했다.

"말씀하세요."

"러시아의 뉴스 채널에서 인터뷰를 요청해 왔습니다. 채널 이름은……."

세르게이가 채널 이름을 말해주었다. 러시아에서 가장 유명한 뉴스 채널이었다. 원래 성준의 일정은 제니퍼나 한석이 책임지고 관리하는데, 오늘은 제니퍼가 일이 있어서 세르게이가 대신 요청을 넘겨받은 모양이었다.

"응하시겠습니까?"

세르게이의 물음에 성준은 짧게 고민했다. 인터뷰에 응하면 이미지 메이킹에 좋은 효과를 가져올 수 있을 것 같았지만 좋지 않은 시기에 언론을 이용하려는 모습을 보여도 곤란했다.

'제니퍼가 있으면 좋을 텐데…….'

그는 이런 일에 익숙하지 않았다. 그나마 전생, 로우켈 시절의 기억과 경험이 있어서 섣부른 판단을 자제할 수 있었다. 아직은 현재의 자아가 강해서 전생의 영향은 딱 이 정도까지였다. 제니퍼는 대외적인 일의 처리와 판단에 능해서 성준은 가능하면 그녀를 옆에 두려고 하는 편이었다.

-거절하는 게 좋을 것 같습니다. 아직 주군은 러시아에 적이 많습니다. 저쪽에서 언론으로 공격하려는 의도가 있을 가능성을 염두에 두셔야 합니다.

리슈발트가 조언했다.

성준도 비슷한 생각이었기 때문에 고개를 작게 끄덕이며 동조했다.

"쉬어야 할 것 같습니다. 아직 레이드 상황이 종료된 건 아니니까요."

"그렇군요. 기자들에게는 그렇게 전하겠습니다."

세르게이가 대답했다. 그는 그 자리에서 바로 스마트폰을 꺼냈다. 그리고 방송국의 기자들에게 전화하여 성준의 사정을 설명했다.

"그럼…… 저는 별채에서 대기하겠습니다."

세르게이가 별채로 떠났다. 한석도 휴식을 취하기 위해 응접실을 떠났지만 제로스는 할 말이 있는 것인지 성준의 앞에 남았다.

"보고할 내용이 남았어?"

성준이 물었다.

제로스는 고개를 끄덕이며 입꼬리를 끌어 올렸다. 훌륭한 연구 결과를 보고하기 전 들뜬 과학자의 모습과도 같았다. 그가 이런 모습을 보일 때는 언제나 좋은 결과가 있었다. 제로스를 응시하는 성준의 눈동자가 반짝였다.

제로스는 들뜬 표정으로 입을 열었다.

"특무군 조사 부대의 러시아 회선을 장악했습니다."

"통신 회선을 장악했다는 거야?"

성준의 물음에 제로스는 심호흡으로 들뜬 감정을 다스린 뒤, 입을 열었다.

"그렇습니다. 이제 특무군 조사 부대가 러시아에서 펼치는 모든 작전을 제가 감시할 수 있습니다."

"이제 러시아에 있는 조사 부대 거점을 공격할 필요는 없겠네."

성준이 말했다.

제로스는 사악한 미소를 지으며 고개를 끄덕였다. 특무군 조사 부대 거점을 적당히 남겨두고 그들의 연락을 감청하여 정보를 수집하면 전황을 유리하게 이끌어갈 수 있을 것이다.

"연합 위원회에 지시를 내려둘까요?"

제로스가 물었다. 그는 연합 위원회의 간부이기 때문에 일정 수준의 지시를 내릴 수 있는 권한을 가지고 있었다. 연합 위원회에 소속된 헌터들은 얼마 전부터 러시아의 '노블 오더'와 '특무군'의 사냥을 시작한 상황이었기 때문에 계획이 바뀌었다면 그 내용을 서둘러 지시해야 했다.

"그게 좋겠다. 지금 연합 위원회에 연락해서 '노블 오더'와 '제국 특무군'의 사냥 강도를 조절하라고 지시해."

"어느 정도까지 조절합니까?"

"공작을 진행하지 못할 정도까지만. 정보도 적당히 우리 쪽에서 통제할 수 있는 수준으로."

성준이 대답했다. 태클 걸만한 구석이 없는 완벽한 지시였다. 제로스도 고개를 끄덕이며 동조했다.

"바로 지시를 내려두겠습니다."

제로스가 주머니에서 스마트폰을 꺼냈다. 연합 위원장과 간부들의 스마트폰에는 특수한 어플이 설치되어 있었다. 그것을 통해서 연합 위원회에 간단한 지시를 전달할 수 있다. 물론 연합 위원들에게도 지시를 수신할 수 있는 어플이 설치되어 있었다.

"그럼 저는 이만 물러나겠습니다."

지시 행동이 끝나자 제로스는 성준을 향해 고개를 숙여 보인 뒤, 방을 떠났다. 계속된 마물 사냥으로 지친 성준이 편하게 쉴 수 있도록 배려한 것이었다.

"후-우!"

-주군, 전황이 안정되었으니 휴식을 취하는 게 좋을 것 같습니다.

제로스가 나가고 성준은 지친 듯 깊은 한숨을 내쉬었다. 그 모습을 본 리슈발트는 충직한 부관답게 주군인 성준에게 휴식한 것을 권했다.

성준은 대답 대신 차분한 표정으로 고개를 끄덕였다. 모스크바 방어를 위해 열심히 싸웠고, 위기에서 구출했으니 휴식할 때도 된 것 같았다. 다음 전투를 위해서라도 휴식을 통한 마력 회복은 꼭 필요했다.

약 2시간 정도 눈을 붙였다. 갑작스러운 스마트폰의 벨소리에 깨어났다.

-윤설아입니다.

졸음을 떨쳐내지 못한 성준을 위해 리슈발트가 먼저 보고해주었다. 덕분에 성준은 흐릿한 시야로 스마트폰 화면을 확인하는 수고를 덜었다.

"여보세요?"

-아, 미안해요.

졸음이 묻어나오는 목소리였다. 설아는 자신이 성준의 달콤한 휴식을 방해했나 싶어서 서둘러 사과했다.

당황하는 듯한 목소리가 제법 귀엽게 느껴졌다. 성준의 입가에 미소가 번졌다. 잠이 달아나는 것 같았다.

"괜찮습니다. 일어나려고 하던 참이었어요."

성준이 대답했다. 어차피 깨어날 시간이었다. 전황이 안정되었다고는 하지만 너무 많이 쉬는 것도 사치였다.

-몸은 괜찮아요? 별일 없는 거죠?"

설아가 물었다.

최대 규모의 러시아 레이드 상황을 해결하기 위해 공식적으로 조직된 지원 헌터 명단에 성준이 포함되어 있었기 때문에 그의 러시아 이동은 한국 내에서 비밀이 아니었다. 특히 대한민국의 최초이자 유일의 SS급 헌터인 성준의 행보는 이번에도 뉴스를 통해 보도되었고 당연히 설아도 TV를 통해 보게 되었다.

"괜찮습니다. 별일 없어요."

성준이 대답했다.

사실 그대로였다. 여러 사건이 있었지만, 성준을 위협할 만한 건 없었다. 모두 하찮은 일들이었다.

"앞으로도 별일 없을 겁니다."

성준은 장담했다. 그는 비공식적으로는 SSS급의 실력자였다. 레이아 또한 지금은 성준의 상대가 되지 못할 것이었다. 아마도 그녀 또한 이미 그 사실을 눈치채고 있을 것이다. 그가 대답을 끝마치자 스마트폰 너머에서 설아의 안심하는 듯한 한숨 소리가 들려왔다.

잠시 중단되었던 대화가 다시 이어졌다. 30분 정도 통화가 이어지자 이야기 주제가 떨어졌다. 슬슬 전화 통화가 끝을 보일 때 즈음이었다.

-주군!

리슈발트의 경고와 동시에 성준의 예리한 감각에도 뭔가가 느껴졌다.

콰아아앙!

굉음과 함께 화염과 후폭풍이 성준을 덮쳤다. 숙소로 사용하고 있던 러시아 대통령의 별장이 일순간에 화염에 휩싸였다. 그 직후 검붉은 연기를 왕창 토해내며 무너져 내렸다. 주변은 아무것도 남지 않았다. 폐허, 그 자체였다.

흙먼지와 함께 검붉은 연기가 피어오르는 별장의 잔해더미 주변으로 다수의 무장 병력이 모습을 드러냈다. 돌격소총과 방탄복으로 무장하고 있는 모습은 그들이 마물이나 헌터가 아니라는 것을 대신 말해주고 있었다. 헌터들은 마력 때문에 총기보다 냉병기를 사용하는 게 효율적이었다.

누군가 성준이 마력에 민감하다는 사실을 알고 헌터는 아니지만 고도의 훈련을 받은 용병들을 고용한 모양이었다. 하지만 유감스럽게도.

"커, 커헉!"

뜨거운 핏줄기가 허공에 붉은 선을 그렸다. 조장급으로 보이는 용병의 목이 떨어졌다. 머리를 잃은 몸이 힘없이 쓰러지고 그 옆에서 은신이 벗겨지면서 성준이 모습을 드러냈다.

"살기가 너무 진하잖아."

성준이 입꼬리를 끌어 올리며 말했다. 그는 살기에도 예민했다. 헌터가 아닌 일반인이 흘리는 아주 희미한 살기조차 감지할 정도였다. 폭발의 여파가 남아 있는 혼란한 상황 중이지만 무기까지 들고 근거리에 접근한 용병들의 살기와 기척을 성준이 눈치채지 못할 리가 없었다.

"저, 적이다!"

"쏴라!"

30명이 넘는 용병들이 일제히 한 곳을 향해 총구를 겨눴다. 대단히 빠른 속도였지만 이미 그곳에 성준은 없었다.

"크악!"

"컥!"

용병 여럿이 피를 쏟으며 쓰러졌다.

"어, 어디야!"

"보이지 않았어!"

뭔가가 스쳐 지나간다는 느낌조차 없었다. 보이지도 않았고 들리지도 않았다. 그저 무력하게 당할 수밖에 없었다.

"커헉!

또다시 붉은 피가 솟구쳤다. 잘린 팔과 다리가 바닥에 나뒹굴었다. 고통에 찬 비명이 터져 나왔다.

"도, 도망쳐!"

"괴물이다!"

"이길 수 없어!"

30명이 넘는 인원이 절반으로 줄어드는 데 걸린 시간은 5초에 불과했다. 무력하게 당할 수밖에 없었다. 고도의 훈련을 받은 용병들이었지만 전의를 상실하고 말았다. 심지어 방아쇠조차 당기지 못했다.

흩어져서 도주를 시작했지만…….

"아이스 스피어."

화염을 머금은 연기 속에서 누군가 시동어를 내뱉었다. 수십 개의 아이스 스피어가 하늘에서 쏟아졌다.

도주를 시도하던 용병들은 얼음 창에 관통당한 채 끔찍한 최후를 맞이했다.

그가 자신의 검, 로엔을 반지의 형태로 되돌리는 순간 흙먼지와 연기가 마법의 바람 앞에서 흩어지면서 아이스 스피어를 사용한 마법계 헌터, 한석이 모습을 드러냈다.

"괜찮아?"

"다친 곳은 없습니다."

성준의 물음에 한석은 대답과 함께 고개를 끄덕였다. 이윽고 숨죽이고 있던 기척들이 느껴졌다.

기척은 둘.

순서대로 제니퍼와 제로스였다. 방어 마법을 사용하여 폭발로부터 몸을 지킨 것 같았다. 한석에 비해서는 부족하지만 두 사람도 A급 헌터였다. 테러로부터 자신의 몸을 지킬 실력은 충분했다.

"다른 사람들은?"

크렘린 궁전 비서관, 세르게이나 다른 러시아인들이 별장에서 대기하고 있었는데, 이 폭탄 테러로 별채까지 '증발'이라는 표현이 어울릴 정도로 처참하게 무너졌다.

-방어 마법의 흔적은 더 이상 찾을 수 없습니다.

리슈발트가 보고했다.

성준은 대답 대신 고개를 끄덕였다. 살아 있는 기척은 느껴지지 않았다. 강력한 폭발이 시체마저 찢어놓은 것 같았다. 시체가 보이지 않았으니까, 그렇게 생각할 수밖에 없었다.

"생존자는 있습니까?"

제니퍼가 물었다. 그녀는 생존자가 있다면 고문을 시도할 생각이었다.

"제니퍼도 알고 있지 않습니까? 이놈들은 일개 용병들에 불과합니다."

고문을 해도 제대로 된 정보가 나오지 않을 것이라는 말이었다.

"네……."

제니퍼는 고개를 끄덕였다. 그녀도 알고 있었다. 그저 아쉬운 마음에 해본 말이었다.

"러시아 정보국에서 도착한 것 같습니다. 대응 속도가 빠르네요."

한석은 잔당이 남아 있는 상황에 대비하여 마력 결계를 가동 중이었다. 그는 영역 안으로 다수의 헌터들이 들어오는 것을 감지하고는 말했다.

"러시아 정보국이 확실합니까?"

"그렇습니다. 익숙한 마력 신호들입니다."

제니퍼의 물음에 한석이 대답했다. 숙소 경비를 위해 러시아 정보국의 요원들이 근처에 있었기 때문에 가끔 그들의 마력을 알아볼 수 있었다.

"강성준 씨. 러시아 정보국이 함께 행동하고 있을 가능성도 있습니다. 전투는 대비하는 게 좋을 것 같습니다."

제니퍼의 의견이었다. 고도의 훈련을 받았다고는 하지만 평범한 인간 용병들이 마법계 헌터들까지 가담한 러시아 정보국의 감시망을 뚫고 침투한 것이었다. 모종의 '거래'가 있었을 가능성도 생각해 볼 수 있었다.

"러시아의 입장도 있으니 쉽게 러시아 정보국에서 직접적인 적대 행동을 보이지는 않을 겁니다."

"그건 모르죠. 러시아는 믿을 수 없어요."

제니퍼는 한석을 보며 고개를 저었다. 중앙헌터국 소속이라서 그런지 러시아에 대한 신뢰도가 바닥을 쳤다.

"강성준 씨! 괜찮습니까?"

러시아 정보국의 요원들이 도착했다. 그들은 성준의 몸 상태부터 살폈다. 습격자들과의 관계는 알 수 없었지만 일단 성준은 공식적으로 러시아의 영웅이었다. 함부로 할 수 없었다.

"저는 괜찮습니다. 그런데 숙소를 옮겨야 할 것 같네요."

"물론입니다. 안전 가옥으로 모시겠습니다."

조장급으로 보이는 요원이 대답했다. 성준은 모든 암살 시도를 격파할 능력이 있었다.

하지만 귀찮은 일은 피하는 게 가장 좋기 때문에 안전 가옥으로 물러나는 것을 선택했다.

"차량은 제가 운전하겠습니다. 러시아 정보국 요원분들은 경호 차량을 맡아주세요."

제니퍼가 말했다. 그녀는 러시아 정보국을 경계하고 있었다.

제니퍼가 먼저 차량에 탑승하고 한석과 성준이 뒤이어 탔다. 그는 스마트폰을 꺼냈지만 설아와의 전화 연결은 끊어져 있었다.

'나중에 전화해야겠다.'

설아가 걱정하겠지만 급한 문제는 따로 있었다. 성준은 방해를 받지 않기 위해서 스마트폰 전원을 껐다.

"도청 장치는 없습니다."

제니퍼가 설명했다. 휴대하고 다니는 감지기로 차량 내부를 철저하게 검사한 모양이었다.

성준은 고개를 끄덕이며 입을 열었다.

"잘하셨습니다. 미국의 기술력은 믿을 만하죠."

"선도 차량이 이동을 시작했습니다. 저희도 출발하겠습니다."

제니퍼가 운전대를 잡았다. 그리고 러시아 정보국에서 제공할 안전 가옥으로 향해 차량 행렬이 이동하기 시작했다.

3장
배후

　별장의 폭탄 테러에서 살아남은 사람은 성준과 제니퍼, 그리고 한석과 제로스가 전부였다. 그들은 차를 타고 러시아 정보국에서 제공한 안전 가옥으로 이동했다.

　"도청 장치가 있는지 확인하겠습니다."

　제니퍼는 장비를 사용했다. 그러고도 안심이 되지 않는 것인지 수준 높은 탐색 마법까지 사용했다. 1시간이 넘는 긴 확인 끝에 도청 장치 같은 감시 장비가 없다는 것으로 밝혀졌다.

　-주변에도 수상한 곳은 없습니다.

　정찰하고 온 리슈발트가 보고했다.

　"지금 당장은 위험 요소가 없는 것 같네요. 최한석 씨는 어때요?"

"마력 감지 범위를 넓혔지만, 안전 가옥을 경비하는 러시아 정보국 요원들을 제외하면 헌터들의 기척은 없습니다."

제니퍼와 한석도 안전하다고 판단을 내렸다.

성준도 고개를 끄덕였다.

하지만 조금 전의 암살 시도에 러시아 정보국에 개입하지 않았다는 확신이 없으니, 안심하기는 일렀다.

"경비를 맡은 러시아 정보국 요원들은 곧 중앙헌터국 요원들로 대체될 겁니다."

제니퍼가 말했다.

이미 그녀는 성준을 향한 암살 시도가 있었다는 사실을 미국에 보고한 뒤였다. 현재 러시아에서 대기 중인 중앙헌터국의 요원들이 미국 대통령 에이든의 지시를 받고 안전 가옥으로 이동 중이었다.

"이든 씨가 오고 있습니다."

이든은 중앙헌터국 소속이면서 연합 위원이기도 했다. 그가 지휘하는 팀이라면 믿을 수 있었다.

"강성준 경. 이 일을 어떻게 처리할 생각이십니까?"

구석에서 뭔가를 만지고 있던 제로스가 다가와 물었다. 성준은 차분한 표정으로 입을 열었다.

"공론화시킬 생각이야."

"러시아 정부에서 막을 겁니다. 회유하려고 할 수도 있죠."

제니퍼가 말했다.

그녀의 말대로 러시아 정부에서 개입을 시도할 것이다. 현재 성준은 모스크바를 구한 러시아의 영웅이었기 때문에 러시아 정부는 이 일이 공식적으로 발표되는 것을 반기지 않을 것이었다.

"상관없어. 방법은 많아."

성준은 단호하게 말했다. 이대로 바보처럼 당하고 있을 생각은 전혀 없었다. 러시아 정부에서 공식적인 발표를 하지 않는다면 언론을 이용하면 된다. 러시아 언론마저 장악당했다면 제니퍼를 통해 미국의 언론을 이용하면 되는 것이었다.

"어떤 식으로든 강성준 경께서 공격당했다는 사실이 세계에 알려지면 러시아 대통령도 암살 시도의 배후를 잡을 수밖에 없는 상황이 될 겁니다."

"맞아. 내가 생각하는 게 그거야. 제로스."

성준의 입가에 미소가 번졌다.

암살 시도에 러시아 대통령이나 정부의 개입 여부를 현재로써는 알 수 없지만, 성준과의 관계가 좋지 않기 때문에 배후를 추적하지 않거나 아예 조용히 덮을 가능성도 생각해 볼 수 있었다.

하지만 이 사실이 세상에 알려지게 된다면 러시아 정부도 가만히 있을 수만은 없을 것이다.

모스크바를 구한 성준은 러시아의 영웅이었다. 그의 영웅 담은 러시아는 물론이고 세계의 인터넷 공간에서도 회자되고 있었다. 뉴스 채널에서도 그의 이야기를 심심치 않게 접할 수 있었다.

"잠깐, 실례하겠습니다."

스마트폰 벨 소리가 울렸다. 제니퍼가 스마트폰을 확인하고 는 잠시 자리를 비웠다. 다시 돌아온 그녀는 복잡한 표정을 하고 있었다.

"무슨 일 있습니까?"

한석이 물었다. 제니퍼의 시선은 그에게 잠시 머물렀다가 이 윽고 성준에게로 향했다.

"중앙헌터국에서의 전달 내용입니다. 러시아 대통령이 이곳 으로 오고 있다고 합니다."

"러시아 대통령이?"

성준은 눈살을 찌푸리며 물었다.

제니퍼는 고개를 끄덕였다.

"그렇습니다. 아무래도 회유할 생각인 것 같습니다."

의도는 뻔했다.

"30분 안에 도착할 것 같습니다."

제니퍼의 예상대로 30분이 지나가기 전에 러시아 대통령이 수행원들과 함께 안전 가옥에 도착했다.

"대통령님 오셨습니까?"

문을 열고 안으로 들어오는 러시아 대통령을 보며 성준이 말했다. 그는 앉은 의자에서 일어나지도 않았으며, 불쾌함이 가득 묻어나오는 목소리였다.

그는 자신의 감정을 숨기지 않고 드러냈다. 그것은 러시아 대통령의 양심을 찌르는 칼날과도 같았다.

"죄송합니다."

"대, 대통령님!"

"고개를 들어주십시오!"

러시아 대통령은 허리를 숙이며 사죄의 뜻을 밝혔다. 그의 갑작스러운 행동에 수행원들은 깜짝 놀라서 그를 말렸다.

하지만 성준의 표정은 차가웠다.

-연극입니다.

리슈발트가 말했다.

보는 눈이 많아서 고개를 끄덕이지는 않았지만, 성준도 동의했다. 러시아 대통령의 몸짓과 목소리에서 명백한 '거짓'의 냄새가 풍겼다.

일반인이 알아보기에는 힘들 정도였지만 권모술수가 넘쳤던 제국에서 살아남아 정점의 길을 걸었던 성준과 리슈발트를 속일 수는 없었다.

"강성준 씨……."

제니퍼도 러시아 대통령이 연극을 한다는 사실을 어느 정도 눈치챈 것인지 조심스럽게 성준을 불렀다.

"저도 알고 있습니다."

성준이 짧게 답했다. 그러나 그 짧은 대답에는 많은 의미가 숨어 있었다.

제니퍼는 물론이고 응접실에 모인 모두가 심상치 않은 기류를 느끼고 긴장감에 마른 침을 삼켜야만 했다.

'선택을 잘못한 것 같군. 실수다.'

러시아 대통령은 생각했다. 그는 30년 이상을 정치인으로 살아왔고, 거짓된 연기를 하는 것에는 익숙하다고 생각했지만 아무래도 그 자만심에 잘못된 선택을 한 것 같았다.

'강성준…… 젊다고는 해도 SS급 헌터라는 건가……?'

러시아 대통령은 실수를 뒤늦게 인지하고 후회했다.

하지만 지금 상황은 시위를 떠난 화살이나 마찬가지였다. 돌이킬 수 없으니, 뒤처리를 해야만 했다.

"지금 무슨 상황이 터졌는지, 대충은 알고 계시는 거겠죠?"

성준이 말했다.

세르게이가 별장에서 목숨을 잃었기 때문에 다른 비서관이 통역을 맡고 있었는데, 그는 성준의 목소리에 담긴 의미를 알아듣고는 러시아 대통령에게 어떻게 전달해야 할지를 망설였다.

"괜찮으니, 전달하게."

"알겠습니다."

러시아 대통령이 말했다. 비서관은 고개를 끄덕인 뒤, 그에게 성준의 말을 전달했다.

"죄송합니다."

"러시아 대통령님께서는 죄송하다는 말밖에 할 줄 모릅니까? 일단 사고가 발생했으면 뒤처리라도 해야 하는 거 아닙니까?"

"저희 쪽에서 '알아서' 잘 처리하겠습니다. 너무 걱정하지 않으셔도 됩니다."

"잘 처리하겠다는 게 조용히 덮는다는 건 아니겠지요?"

예상치 못한 반격에 러시아 대통령은 할 말을 잃고 말았다. 성준의 말대로 러시아 대통령과 정부는 이번 일이 알려져서 자신들에게 좋을 게 없으니 조용히 덮을 생각이었다.

"러시아 상황이 좋지 않습니다. 이번 일은 조용히 넘기는 게 어떻겠습니까?"

러시아 대통령의 수행원 중 한 명이 조심스럽게 말했다. 그는 러시아 정부의 고위 관계자였다.

"지금 제가 대통령님과 대화 중인 거 안 보입니까?"

성준이 슬며시 살기를 흘렸다.

"커, 커헉!"

"큭!"

러시아 대통령과 그의 수행원들이 거친 숨결을 토해냈다.

헌터로 구성된 직속 경호원들이 본능적으로 무기를 뽑거나 변형하기 위해 손을 바쁘게 움직였다.

그 모습을 본 성준이 싸늘한 시선을 흩뿌리며 입을 열었다.

"날 이길 자신이 있으면 뽑아라. 그대로 전달해."

비서관이 성준의 말을 전하자 경호원들도 쉽게 무기를 꺼내지 못했다. 그들 중에서는 SS급 전투계 헌터도 한 명 있었지만 마찬가지였다.

'뭐, 뭐지? SS급 헌터라고 했던 게 아니었나?'

러시아 대통령 직속 경호를 맡고 있는 SS급 헌터는 마른침을 삼켰다.

'마력의 끝이 보이지 않는다! 난 상대도 되지 않겠어.'

SS급 헌터라고는 하지만 그의 실력은 최하위 수준이었다. 공식적으로는 SS급 헌터지만 SSS급의 경지에 오른 성준의 수준을 가늠하기에는 힘들 것이었다.

"나는 이번 일을 조용히 넘길 생각이 없습니다."

"대한민국 정부에서는 생각이 다를 수도 있습니다."

러시아 대통령이 조심스럽게 말했다.

아무래도 성준과 협상이 결렬되면 대한민국 정부와 이야기를 해볼 생각인 것 같았다.

'가소롭네.'

성준은 그를 보며 입꼬리를 끌어 올렸다.

"대한민국 정부의 의사는 상관없습니다. 중요한 건 내가 공격당했다는 겁니다."

성준의 눈동자에서 살기가 빛났다.

수행원들이 힘없이 쓰러졌다. 경호원들도 간신히 버텼다. 신기한 것은 러시아 대통령이었는데, 약하게 흘렸다고는 하지만 성준의 살기를 받아내고도 버티고 있었다.

물론 다 죽어가는 표정이었다.

"우리 상식적으로 해결합니다. 편법은 자제하는 게 좋지 않겠어요?"

"알겠습니다……. 저희는 방해하지 않겠습니다."

러시아 대통령의 목소리가 무거웠다.

당연히 그럴 수밖에 없을 것이다. 모스크바를 구한 러시아의 영웅이 테러당했으니, 그 여파가 적지 않을 것이다. 그리고 그것은 모두 러시아 대통령과 정부가 감당해야 할 몫이었다.

"저흰 이만 가보겠습니다."

러시아 대통령은 침울한 표정으로 10분 정도 침묵의 시위를 했다. 그러나 통하지 않는다는 것을 깨닫고 수행원들과 함께 크렘린 궁전으로 돌아갔다.

"제니퍼."

"말씀하세요."

"지금 모스크바에 미국 기자들 많이 있습니까?"

대규모 레이드 상황을 취재하기 위한 목적으로 모스크바에 체류 중인 기자들이 많을 것이라고 생각되었다.

성준의 물음에 제니퍼는 희미한 미소를 머금은 채 입을 열었다.

"꽤 있습니다. 더 부를 수도 있어요."

"좋습니다. 기자들을 최대한 불러 모아주세요. 기자 회견을 하겠습니다."

"알겠습니다."

제니퍼는 스마트폰을 꺼내 들었고, 성준은 휴식을 위해 침실로 들어갔다. 푹신한 침대 위에 몸을 던진 순간이었다.

스마트폰 벨 소리가 울렸다. 윤설아였다.

"여보세요?"

-강성준 씨! 저 걱정했단 말이에요.

스마트폰에서 흘러나오는 설아의 목소리가 가늘게 떨리고 있었다. 안도와 걱정, 그리고 책망의 감정이 섞여 나왔다.

"미안해요."

-갑자기 폭발 소리가 들려서 너무 걱정했어요. 아무 일도 없는 거 맞죠?

"아…… 그게 사실은……."

성준은 그녀에게 사정을 간단하게 설명했다.

-러시아에서 그렇게 나온다는 거죠?

설아의 목소리에서 분노의 감정이 묻어 나왔다. 그녀는 본인의 일처럼 분노하고 있었다.

-러시아에 대한 모든 구호 활동을 중단할게요. 이제 제겐 권한이 있어요.

청룡 그룹에서는 러시아에 대규모 레이드 상황이 발생하고 여러 구호 활동을 시작했었다. 그리고 책임자는 설아였다. 그런데 성준이 공격당했으니 지원을 계속할 마음이 사라진 것이었다.

"그러지 마세요. 러시아 국민에게 무슨 죄가 있습니까?"

-제가 잠깐 생각이 짧았어요. 죄송합니다.

설아는 자신의 실수를 인정했다. 한편으로는 성준의 마음 씀씀이에 감동했다.

"혹시 러시아 정부에 대한 자금 지원도 하고 있었습니까?"

-네. 예정되어 있었어요. 아마 내일 전달될 예정이었을 거예요.

"그거 모두 중단하세요. 러시아 국민에게는 죄가 없지만, 정부는 아니지요."

-네. 그렇게 할게요.

전화 통화가 끝났다. 그날 청룡 그룹은 러시아 정부에 지원금 전달을 일방적으로 취소하겠다는 내용을 전달했다. 청룡 그룹으로부터 자금 지원이 불가능하다는 내용을 전달받은 크렘린 궁전 비서관은 서둘러 러시아 대통령을 찾아갔다.

"무슨 일인가?"

러시아 대통령은 자신의 집무실에서 업무를 보고 있었다. 러시아에 대규모 레이드 상황이 발생하면서 여러 문제가 생기자 그가 처리해야 할 서류도 자연히 많아질 수밖에 없었다.

"큰일 났습니다."

"천천히 말해보게."

러시아 대통령은 모든 것을 포기한 듯한 표정으로 말했다. 대규모 레이드 상황의 발생과 러시아의 영웅인 성준을 향한 테러 행위가 발생했었다. 이제 다른 악재가 발생해도 놀라지 않을 자신이 있었다.

"대한민국에서 구호 자금을 보내지 않겠다고 합니다."

"그런 조그만 나라의 구호 자금 따위는 없어도 상관없다네."

러시아 대통령은 가슴이 철렁 내려앉을 뻔했지만 애써 침착함을 유지했다.

"대통령님. 대한민국에서 약속한 자금 지원 규모가 상당한 걸로 알고 있습니다. 괜찮겠습니까?"

집무실에서 러시아 대통령의 업무를 보조하고 있던 수행원이 조심스럽게 물었다.

"다른 국가에서 약속한 지원금만 제대로 도착한다면 문제는 없을 것이라네."

구호 자금 지원을 약속한 국가가 꽤 있었다. 그래서 러시아 대통령은 대한민국의 변심에도 크게 충격받지 않을 수 있었다.

"그, 그게……."

"설마……."

쉽게 말을 잇지 못하는 비서관의 모습에 러시아 대통령은 불길함을 느끼고 서류 작업을 중단했다.

"다른 국가들도 비슷한 입장입니다. 특히 대한민국과 미국에서는 제대로 된 조사가 없을 경우, 모든 병력을 철수하겠다고 했습니다."

"하아!"

러시아 대통령은 깊은 한숨을 뱉어냈다. 두통이 찾아와서 머리가 아파 왔다. 여러 상황이 러시아에 불리하게 흘러가고 있었다.

'강성준…… 설마 이 정도로 거물일 줄이야…….'

후회가 밀려왔다.

기껏해야 대한민국 정부를 움직이는 게 한계라고 생각했었다. 미국의 행동은 전혀 예상하지 못했다. 그는 욕설이 나오는 것을 간신히 참아야만 했다.

누가 테러를 기획했는지는 모르겠지만 러시아 정부에서 어느 정도 묵인해 준 것 또한 사실이었다. 애초에 그들은 성준과 감정이 좋지 않았으니까.

"비서관! 지금 당장 정보국장을 호출하게나!"

"알겠습니다!"

비서관이 집무실을 떠나고 러시아 대통령은 입술을 살짝 깨물었다. 이렇게 된 이상 테러의 배후를 추적할 수밖에 없었다.

※

며칠의 시간이 지났다. 러시아의 상황은 더 나빠지지 않고 있었기 때문에 그동안 성준은 차원 관문 공격에 참여하지 않았다.

"강성준 씨."

제니퍼가 찾아왔다. 성준은 침실에서 쉬고 있었다.

"무슨 일입니까? 제니퍼."

"기자들이 충분히 모였습니다."

"그렇습니까?"

"네. 기자 회견 준비도 끝났습니다."

제니퍼가 대답과 함께 고개를 끄덕였다.

성준의 입가에 미소가 번졌다.

"일정은 언제입니까?"

"지금 정하셔야 합니다."

"최대한 빨리 잡아주세요. 당장 내일이라도 상관없습니다."

가능하면 빨리 러시아 정부를 압박하고 싶었다.

"그럼 내일로 일정을 잡아두겠습니다."

"그렇게 해주세요."

성준이 대답했다. 시간은 생각보다 빠르게 흘러 기자 회견이 약속된 다음 날이 되었다. 성준은 일행들과 함께 안전 가옥에서 나와 기자 차량을 타고 회견장으로 이동했다.

러시아에서는 어떻게든 시간을 벌기 위해 기자 회견장을 확보하려는 제니퍼를 견제했었지만, 미국의 도움 덕분에 기자 회견 일정을 진행할 수 있었다.

"이쪽으로 이동하시면 됩니다."

기자 회견이 예정된 건물에 도착하자 미국인이 성준과 그 일행들을 정해진 장소로 안내했다. 러시아의 돌발 행동에 대비하기 위해 미국에서는 중앙헌터국의 요원들을 배치하고 현지의 PMC를 고용했다.

미국의 준비와 배려 덕분에 기자 회견장이 있는 건물 주변 경비는 철저하다 못해 완벽할 정도였다.

경비 총책임자는 중앙헌터국 요원 중에서도 성준과 안면이 있었던, 이든이었다.

그는 신분이 보장된 연합 위원이기 때문에 특히 믿을 수 있었다.

"강성준 헌터다!"

기자 회견장으로 들어서기 무섭게 누군가 외쳤다. 안에는 수십 명의 기자가 모여 있었고 성준을 위한 자리가 마련되어 있었다.

그의 등장으로 잠깐의 소란이 있었지만, 베테랑 기자들답게 순식간에 조용해졌다. 모든 카메라와 기자들의 시선이 성준에게 집중되었다.

"저쪽에 앉으시면 됩니다."

제니퍼가 손끝으로 성준이 앉을 의자를 가리켰다. 성준이 그곳에 앉자 제니퍼는 미리 준비한 쪽지를 건네주었다. 시선을 아래로 내려서 슬쩍 훑어보니 대답해야 할 내용이 간략하게 정리되어 있었다.

"여기 마이크 있습니다."

"감사합니다."

기자 한 명이 마이크 여러개가 묶여 있는 것을 가져다주었다. 성준은 고개를 살짝 끄덕인 뒤, 차분한 시선으로 기자들을 한 차례 훑었다.

"반갑습니다. 기자 여러분."

성준이 말했다. 기자들은 노트북 키보드에 손을 얹었다. 녹음기나 수첩을 꺼내는 이들도 있었다. 모두가 기록할 준비를 끝마친 것을 확인한 성준은 차분한 표정으로 입을 열었다.

"며칠 전에 저는 테러를 당했습니다."

러시아 정부에서 은폐를 시도했던 기록이 공식적으로 발표되는 순간이었다. 모두 베테랑들이었기 때문에 수군거림은 없었지만, 기자들은 놀란 감정을 감추지 못했다.

누가 감히 SS급 헌터를 상대로 테러 행위를 벌인다는 말인가?

"질문받겠습니다."

성준은 말솜씨가 좋은 편이 아니었다. 그래서 혼자서 발표하는 것보다는 질문에 대답하는 것으로 기자 회견을 이어갈 생각이었다. 대부분의 기자들이 손을 들어 올렸지만, 첫 질문을 할 기자는 정해져 있었다.

"5번 좌석에 앉은 기자분. 질문하세요."

"감사합니다."

5번 명찰을 달고 있는 기자는 질문하기 전에 자신의 이름과 소속 방송국을 밝혔다.

"그럼 질문하겠습니다. 범인이나 배후는 알고 계신 겁니까?"

질문은 정해져 있었다. 그리고 답변 역시 마찬가지였다.

"정확하게 밝혀진 것은 아무것도 없습니다."

성준이 대답했다. 다른 기자가 손을 들어 올렸다. 성준이 고개를 끄덕이자 그는 차분한 표정으로 입을 열었다.

"모스크바의 대통령 별장에서 거대한 폭발이 있었다고 들었습니다. 당시 러시아 정부에서 정보를 통제했는데, 테러와 관련이 있는 겁니까?"

성준은 미소를 지었다. 날카로운 질문이었다.

하지만 성준과 제니퍼가 의도한 것이기도 했다.

"지금 상황에서 확실하게 말할 수 있는 것은 정보를 통제한 것은 저희 쪽이 아니라는 겁니다."

조심스럽게 말하는 것처럼 보였지만 배후로 러시아 대통령과 정부를 의심하고 있다는 사실을 분명하게 전달하고 있었다. 그들이 진정 관련이 없다면 누명을 쓰기 전에 진범을 잡아내야만 할 것이다.

"최근 레이드 상황에 개입하고 있지 않다고 들었습니다. 이유가 있으신가요?"

"제 목숨이 위협받고 있습니다. 섣불리 움직일 수 없는 게 당연하지 않겠습니까?"

그 후로도 질문이 쏟아졌다. 성준은 적당히 대답했다. 곤란한 질문은 제니퍼가 차단해 주었다.

기자 회견이 끝나고 기자들이 돌아가자 성준은 피곤한 표정으로 한숨을 내쉬었다.

"후우!"

"안전 가옥으로 이동하시지요. 차량이 준비되어 있습니다."

제니퍼가 말했다.

성준은 대답 대신 발걸음을 옮겼다. 그는 일행들과 함께 차를 타고 안전 가옥으로 돌아왔다.

"기자 회견의 효과가 나타나려면 최소 2일 정도는 걸릴 겁니다."

"수고했어요. 제니퍼. 대기하고 있어요."

"알겠습니다."

제니퍼를 시작으로 한석과 제로스도 각자의 방으로 이동했다.

-주군. 다음 계획을 여쭈어도 되겠습니까?

성준은 소파에 앉아서 잔에 술을 채웠다. 리슈발트가 조심스럽게 물었다.

"폭탄은 설치했으니까, 이제 그게 터지는 걸 기다리면 될 것 같은데?"

-후폭풍은 어느 정도로 예상하십니까?

"대한민국과 미국에서도 압박이 시작되었다고 제니퍼가 그랬으니까 러시아도 슬슬 움직일 거야."

확신에 찬 목소리였다. 구호 자금 지원이 중단되었을 뿐만 아니라, 대한민국과 미국에서는 병력을 철수하겠다는 협박까지 했다. 러시아 대통령도 발등에 불이 떨어졌을 것이다.

-역시 주군이십니다.

"나한테 칼을 들이밀고 살아남기를 바란다면 그건 말이 안되는 일이지."

성준의 눈동자에서 살기가 번뜩였다. 그는 전생에도 그랬지만 자신의 목숨을 노리는 이가 있으면 철저하게 추적하여 섬멸했다. 언제나 자비는 없었다. 후환을 남겨두지 않고 확실하게 응징하는 게 그의 방식이었다.

"배후가 누구라도 상관없어. 죽일 거야."

성준은 술잔을 입가로 가져가서 단숨에 비웠다. 독한 술이었지만 상관하지 않았다.

"리슈발트."

-하명하십시오.

"지금 동조율이 얼마나 되지?"

-75%입니다.

리슈발트가 대답했다.

성준의 두 눈이 반짝였다.

"각성 던전에 갈 수 있네?"

-클리어한 던전만 있다면 바로 차원 관문을 열 수 있습니다.

클리어할 던전을 찾는 것은 어렵지 않았다. 제니퍼에게 부탁하면 은밀하게 움직일 수 있을 것이다. 남들이 목숨을 걸어도 쉽게 공략할 수 없는 A급 던전도 성준에게는 쉽고 간단한 튜토리얼이나 다름없었다.

"좋아. 지금 간다."

성준은 제니퍼에게 모스크바 내부의 A급 던전을 찾을 것을 지시했다. 중앙헌터국의 시스템을 활용하면 어려운 일은 아니었다.

"비어 있는 던전은 찾았습니다."

"수고했습니다."

성준은 차량을 타고 던전으로 은밀하게 움직였다. 러시아 전역을 뒤덮은 레이드 상황 때문에 제대로 관리되고 있지 않은 것인지 관련 기관 직원의 모습을 찾아볼 수 없었다. 던전의 입구를 여는 것은 어렵지 않았다. 문을 열자 지하로 향하는 계단이 모습을 드러냈다.

"변형."

성준은 로엘을 검의 형태로 변형하고는 계단을 내려가 던전 내부로 진입했다. SS급 헌터인 그에게 A급 던전의 공략은 어렵지 않았다. 보스는 A급 마물의 최상위에서 군림하는 용족 마법사였지만 성준의 검 앞에서 무력하게 쓰러졌다. 마력을 흡수했지만 많은 양이 오르지 않았다. 그래서 동조율도 그대로였다.

"리슈발트. 각성 던전을 열어줘."

-알겠습니다.

리슈발트가 마력을 운용하며 손을 들어 올리자 주변 풍경이 녹아내리고 새로운 것들로 채워졌다. 한 차례 눈을 깜빡이자 그는 넓은 평원의 중심에 있었다.

-이번에도 전쟁터인 것 같습니다.

리슈발트가 먼저 상황을 파악했다. 성준은 고개를 끄덕였다. 그의 말대로 전쟁터였지만 전투가 진행 중은 아니었다.

주변은 시체와 피, 그리고 무기들로 가득했다. 한 번의 전투가 끝나고 소강상태인 것 같았다. 전방에는 제국의 깃발이, 그리고 후방에는 왕국 연합의 깃발이 보였다. 성준은 근처에서 왕국 연합의 깃발을 집어 들고 흔들었다.

왕국 연합에 아군이라는 사실을 알려주기 위해서였다. 그리고 그 순간, 제국에서 수십 개의 공격 마법이 성준을 노리고 쏟아졌다.

왕국 연합에서도 가만히 구경만 하고 있지는 않았다. 그들은 성준을 보호하기 위해 마법 지원을 퍼부었다.

두 진영에서의 공격 마법들이 높은 하늘에서 충돌하여 상쇄되었다. 하지만 왕국 연합 측의 전력이 훨씬 약했던 것인지 제국 측의 공격 마법이 많이 남아서 성준을 노렸다.

"파마검."

성준은 짧은 시동어와 함께 검술을 펼쳤다. 기껏해야 통상 위력의 마법들이었다. 고위 마법조차 벨 수 있는 파마검의 앞에서 힘없이 찢겼다.

"해치웠나?"

일부 마법이 대지를 강타하자 흙먼지가 안개처럼 번졌다. 마법 공격을 지휘한 제국 측 고위 마법사는 두 눈을 가늘게 뜨고 전장을 살피며 중얼거렸다.

공격 마법이 아슬아슬하게 닿을 정도로 거리가 멀었기 때문에 마력 감지가 쉽지 않았다.

"죽은 척하고 있던 시체 놈입니다. 이 정도의 마법 공격이면 충분하다고 생각됩니다."

"그렇겠지?"

성준이 사용한 차원 관문은 워낙 은밀하기 때문에 멀리서 보기에는 분간이 쉽지 않았다. 그래서 제국의 마법사들에게는 죽은 척이나 하고 있던 겁쟁이로 보일 뿐이었다.

하지만 흙먼지가 가라앉자 그들은 생각을 고칠 수밖에 없었다.

"적병 생존! 큰 피해를 입지 않은 것으로 보입니다!"

"머, 멀쩡하다고?"

관측 마법으로 상황을 지켜보고 있던 마법사의 보고에 다른 이들은 깜짝 놀랐다.

"일시적으로 마법 반응이 감지되었습니다."

"어느 정도인지 보고해!"

"저, 정확한 측정이 불가능합니다!"

측정을 시도하는 이의 수준에 비해 상대방의 마력이 많으면 정확한 측정이 불가능한 게 일반적인 경우였다.

"뭔가 심상치 않군……."

고위 마법사는 멀리 있는 성준에게서 불길한 느낌을 받았다.

"재공격을 시도합니까?"

"'노블 오더'에 이 사실을 보고해라!"

고위 마법사가 말했다. 그가 지휘하는 마법사 부대만으로는 성준을 막을 수 없다고 판단한 것이었다.

성준은 멀리서 검을 들어 올린 채 그들의 움직임을 지켜보고 있었다.

-부대 배치가 바뀌고 있습니다. 곧 공격이 있을 것 같군요, 배치 변화를 볼 때 추가 마법사 부대가 전진할 것 같습니다.

리슈발트가 말했다. 그는 기사 여단 출신으로 제국의 전장에서 활약했던 용맹한 기사였기 때문에 제국군의 기본적인 전술을 알고 있었다.

"마법 폭격인가?"

-아마도 그럴 겁니다. 왕국 연합 쪽에서는 '이쪽으로 물러나라'라고 깃발 지시를 보내고 있습니다.

"나는 왕국 연합의 지시를 들을 생각 없어."

성준은 제국군 진영을 향해 시선을 고정한 채 말했다. 눈앞에 적들이 있었다. 뒤로 물러나거나 망설일 이유는 없었다.

-역시 주군이십니다!

리슈발트의 감탄사가 끝나기 무섭게 성준은 고속 이동술을 펼쳤다. 제국군 마법사들이 시야에서 성준이 사라진 것을 뒤늦게 깨닫고 대응하기 위해 마력을 끌어 올렸을 때는 늦고 말았다.

"커헉!"

"크아악!"

사방에서 고통에 찬 비명이 터져 나왔다. 마법사들이 피를 쏟아내며 쓰러졌다. 흙바닥에 붉은 강이 흐르고 시체들이 늘 어갔다.

"어, 어디냐! 어디서 공격을 하는 거야!"

"너무 빠릅니다!"

"보이지도 않습니다!"

마법사 부대들은 혼란에 빠졌다. 그들은 성준이 이렇게 빠른 속도로 접근할 줄은 예상하지 못했다. 호위 부대 없이 먼저 전진한 게 큰 실수였다.

"크아아악!"

지휘를 맡은 고위 마법사도 쓰러졌다. 다른 마법사들이 비명이 터진 방향으로 스태프를 겨눴지만 남은 것은 싸늘하게 식어가는 고위 마법사의 시체와 하얀 잔상뿐이었다. 그 모습을 본 마법사들은 뒤늦게 깨달았다.

"하, 하얀 악마다!"

어느 순간 전장에 나타나 제국과 종족 연합의 군대를 쓸어버리는 '하얀 악마'에 대한 소문은 대륙 전체에 널리 퍼져 있었다.

"전방으로 이동한 마법사 부대가 모두 전멸했습니다!"

"왕국 연합의 군대도 전진하기 시작했습니다!"

다행히 왕국 연합군을 통솔하는 최고 지휘관이 어리석은 자가 아닌 모양이었다. 성준의 활약으로 제국군의 전방이 크게 흔들리는 모습을 보이자 군대를 전진시킨 것이었다.

"기마대 앞으로. 왕국 연합군의 전진을 지연시켜라. '하얀 악마'는 최정예 병력을 투입하여 제압한다."

제국군 최고 지휘관 '노블 오더'의 백작은 차분하게 병력을 통솔했다. 기동력이 뛰어난 기마대가 왕국 연합군이 접근하는 것을 저지하는 동안 진형을 재정비할 생각이었다.

'하얀 악마'는 제국이 자랑하는 최정예 병력을 투입하여 처리하려고 했다. 최정예 병력은 뛰어난 실력의 기사들과 최소 고위 마법사들로 구성된 전력을 말하는 것이었다.

-주군! 제국의 정예 병력이 접근 중입니다!

리슈발트가 보고했다.

성준도 그들의 접근을 감지하고 있었다.

-접근 중인 전력은 SS급이 하나에 S급이 10명 정도가 포함된 기사단 하나와 대마법사 한 명이 포함된 마법사 부대입니다.

대마법사라면 최소 S급 수준에서 시작한다. 느껴지는 마력의 양으로 볼 때 갓 대마법사가 된 S급 정도의 실력자인 것 같았다. 과거 황궁 1차 기습에서 로우켈의 목숨을 노렸던 리오펠 공작 같은 경우에는 SSS급의 경지에 오른 대마법사였다.

'그렇다고 해서 S급이 약한 건 아니지만…….'

S급 헌터만 해도 마음먹고 날뛰기 시작하면 군부대가 나서도 쉽게 제압할 수 없을 정도의 재앙이었다. 대한민국만 봐도 인구에 비해 A급 헌터의 수는 많았지만, S급 헌터는 15명 정도에 불과했다. S급의 전력은 결코 무시할 만한 상대가 아니었다.

하지만.

'내 상대는 안 되지.'

동조율 75%가 되면서 SSS급의 전투력을 지니게 된 성준에게 있어서 S급은 조금 주의해야 할 정도에 불과했다.

-옵니다.

하늘에서 거대한 화염구가 낙하했다. 주위에는 아직 제국의 병사들이 있었지만, 대마법사는 그들을 전혀 신경 쓰지 않는 것 같았다. 약한 병사들을 희생시킨 뒤, 최정예 전력을 투입하는 것은 제국의 가장 기본적인 전략 전술이었다.

-대마법입니다. 범위가 꽤 넓습니다. 회피보다는 '정의로운 방패'를 사용하는 것을 권장합니다.

리슈발트의 의견에는 성준도 동의했다. 그는 대답 대신 목에 걸려 있는 '정의로운 방패'를 쥐고 마력을 주입했다.

"앱솔루트 실드!"

시동어를 내뱉자 무색의 보호막이 펼쳐졌다.

-'메테오'는 아닙니다. 헬파이어가 분명합니다.

리슈발트가 말했다.

엄밀하게 분석하면 메테오가 헬파이어보다 영향 범위도 넓고 파괴적인 대마법이었다.

하지만 갓 S급의 경지에 오른 대마법사의 실력으로는 헬파이어가 한계였을 것이다.

생각은 길지 않았다. 헬파이어와 앱솔루트 실드가 충돌했다.

콰앙!

굉음과 함께 후폭풍이 휘몰아쳤다. 흙먼지가 가라앉았을 때는 앱솔루트 실드의 무색 보호막 주위를 10여 명의 기사가 포위하고 있었다. 전투에서 유리한 지점을 차지하기 위해 격렬한 후폭풍을 뚫고 침투한 모양이었다. 흙먼지가 시야를 가리고 있었지만, S급에 이른 실력자들의 살기와 마력까지 숨겨주지는 않았다.

"리슈발트. 왕국 연합군은?"

-기마대의 견제를 받고 있습니다. 주군께서 지휘부를 타격할 때까지 합류하지 못할 것 같습니다.

"그런가……."

성준이 대답했다.

앱솔루트 실드가 해제되는 순간 집중 공격을 받겠지만 그는 침착했다.

"해제."

앱솔루트 실드를 계속 유지하는 것도 마력의 낭비였다. 성준이 서둘러 해제하기 무섭게 사방에서 기사들이 성준을 덮쳤다.

"황제 폐하의 이름으로!"

유일하게 SS급의 전투력을 가지고 있는 기사단장이 외쳤다. 오러가 빛나는 검을 들어 올린 기사들이 성준의 전후좌우를 노렸다. 일반인의 시선으로는 잔상마저 볼 수 없을 정도로 빠른 움직임! 그들은 일사불란하게 성준의 급소를 노렸다.

-오러 변형입니다!

채찍의 형상으로 변형된 오러가 가장 먼저 성준의 목을 노렸다. 모든 것을 단숨에 꿰뚫을 듯한 기세로 돌진한 오러의 채찍은 성준이 들어 올린 검에 가로막혔다.

그러나 그것은 기사가 노린 것이었다. 성준의 검이 오러 채찍에 휘감겨 버린 것이었다.

"훌륭한 합공이야."

성준도 감탄할 정도였다.

오러 채찍으로 검을 봉쇄하는 것은 고난이도의 기술이었다. SS급 하위권의 헌터였다면 이 합공에 꼼짝없이 당하고 말았겠지만 유감스럽게도 성준은 이제 SSS급의 경지에 오른 헌터였다. 방어할 수단은 얼마든지 있었다. 성준은 마력을 끌어올렸다.

"드래곤 피어."

시동어를 내뱉자 로엘에 잠들어 있던 마룡의 영혼이 깨어났다.

-크라라라라라!

깊은 분노가 담긴 포효가 천지를 뒤흔들었다.

"큭!"

"쿨럭!"

기사들이 고통에 찬 신음을 내뱉으며 비틀거렸다. 몇 명은 순간적으로 완전히 경직되어 움직이지를 못했다. 그것은 기사단장 또한 마찬가지였다. 다른 이들보다는 회복이 빨랐지만 그럼에도 불구하고 짧은 순간 경직으로 인해 움직임이 멈추는 것은 피할 수 없었다.

"석화."

"커헉!"

붉은 광선이 기사단장의 가슴을 때렸다. 석화가 시작되었다. '메두사의 눈'에 붙어 있는 석화 저주는 마력 소모가 많지만 적을 확실하게 죽음으로 인도할 수 있는 치명적인 기술이었다.

"저, 저주다!"

"기사단장님께서 돌이 되었다!"

뒤늦게 경직 상태에서 벗어난 이들의 시선이 기사단장에게 향했다. 하지만 그는 완전히 돌이 되어버린 뒤였다.

"사, 사제는 어디에…… 커헉!"

기사 한 명이 황급히 사제를 찾았지만 성준이 가만히 내버려 둘 리가 없었다. 언제 던졌는지 모를 단검이 기사의 목을 꿰뚫었다.

"제, 젠장할!"

"공격을 멈추지 마라! 대마법사가 우리를 엄호하고 있다!"

성준은 물론이고 기사들도 고속 이동술을 펼쳤다. 서로 교차하여 지나가면서 붉은 피가 튀었다.

"쿨럭!"

"커…… 헉……!"

"말…… 도 안 돼……!"

10여 명의 기사는 힘없이 쓰러졌다. 일격에 하나의 기사단이 전멸한 것이었다.

"기사님들이 모두 당했어!"

"하얀 악마는? 어디로 간 거야!"

"저희 눈에는 보이지 않습니다!"

병사들의 눈에 화려한 전투 과정은 보이지 않았다. 오직 결과만 남아 있었다.

"대마법사님을 지켜라!"

"방진을 구축하라!"

대마법사의 곁에 병사들이 집결하기 전에 성준이 먼저 도달했다. 호위역을 맡은 마검사 4명이 일제히 검을 뽑아 들었다.

-S급 하나에 A급 셋입니다.

리슈발트가 적들의 전력을 살폈다.

성준은 대답 대신 그들에게 접근하여 검을 휘둘렀다.

"크아아악!"

"으아아악!"

"허억!"

3명이 당했다. 남은 1명은 성준의 검격을 간신히 받아냈다.

"제법이네. 그럼 이것도 막아봐라."

성준은 번개와 같은 속도로 검을 회수했다. S급 마검사도 덩달아 검을 회수하려 했지만 성준의 공격이 조금 더 빨랐다. 날카로운 칼날이 목을 꿰뚫자 마검사는 힘없이 쓰러졌다.

"흡수."

쓰러진 마검사들에게서 체력과 마력을 흡수하며 고개를 들어 올려 주위를 살폈다. 대마법사는 '블링크'를 사용하여 도망친 것인지 마력의 흔적이 남아 있지 않았다.

"가자, 리슈발트."

-지휘부를 공격할 생각이십니까?

"그래."

성준이 검을 들어 올렸다. 아직 남은 적들은 많았고 전장은 넓었다.

성준이 방문하기 전에 러시아에서는 피의 숙청이 있었다.

숙청에 당한 이들은 대부분 과거에 성준을 죽이려고 했던 정보국 관계자들이었지만 러시아 대통령은 이 기회를 교묘하게 이용하여 관련 없는 이들도 생매장시키고 정보국을 완전히 장악하는 데 성공했다.

현 러시아 정보국장 알렉세이는 대통령의 충직한 수족이었다. 그는 며칠 전 대통령으로부터 강성준 테러의 '진정한' 배후를 찾아내라는 특명을 받았다. 오늘 그의 부하들이 성과를 냈기 때문에 그는 그것을 정리하여 대통령에게 보고하기 위해 크렘린 궁전 집무실을 찾아갔다.

"대통령님. 정보국장입니다."

"들어오게."

닫혀 있는 문 너머로 러시아 대통령의 목소리가 들려왔다. 알렉세이는 문을 열고 집무실 안으로 들어갔다. 러시아 대통령은 굳은 얼굴로 책상 앞에 앉아 있었다. 알렉세이가 찾아온다는 연락을 받고 계속 그를 기다리고 있었던 것이었다.

"보고하게나."

"정보국의 인력을 총동원하여 테러의 배후를 추적했습니다."

알렉세이가 말했다. 성준의 기자 회견으로 인해 발등에 불이 떨어진 러시아 대통령이 배후를 추적할 때 수단과 방법을 가리지 말라고 지시를 정보국장인 알렉세이에게 지시했었다.

"그래서 결과는?"

러시아 대통령이 물었다. 돌처럼 굳은 얼굴만큼이나 목소리도 딱딱했다.

"국내 강경파가 배후였습니다."

"주동자는 누구였나?"

배후에 강경파가 있다는 사실은 쉽게 예상할 수 있는 것이었다. 이 모든 일을 계획한 주동자의 정체를 알아내는 게 가장 중요했다.

"정보국에서는 모든 수단과 방법을 가리지 않고 조사를 했습니다. 그 결과 레이드 관제국의 하노프 총괄국장이 주동자인 게 확실하다는 결론을 내릴 수 있었습니다."

알렉세이가 보고했다. 러시아 대통령은 일그러진 얼굴을 감추기 위해 시선을 아래로 내려야만 했다.

'하노프…… 이 멍청한 자식……!'

하노프는 러시아 대통령의 측근으로 강성준에 대해 강경한 입장을 보이는 이들 중 한 명이었다. 테러가 발생했을 때 설마 하는 심정이었지만 정말로 그가 주도했을 것이라고는 상상도 하지 못했다.

"정보국은 지시를 기다리고 있습니다. 대통령님께서 어떤 결정을 내려도 저희는 따를 준비가 되어 있습니다."

모든 것을 '은폐'할 수도 있다. 조금 전 알렉세이가 한 말에는 그런 의미가 담겨 있었으나, 러시아 대통령은 힘없이 고개를 저을 수밖에 없었다.

"세계의 이목이 러시아에 집중되고 있으니, 은폐는 불가능하네."

"하지만 괜찮겠습니까? 하노프 총괄국장은……."

'대통령님의 측근 아닙니까…….'

알렉세이는 뒷말을 삼켰다. 지금 그 말을 내뱉었다가는 러시아 대통령이 결단을 내리는 걸 방해하게 될 수도 있었다.

"어쩔 수 없다네. 이렇게 된 이상 과감하게 쳐내야 하네."

러시아 대통령이 말했다.

그는 위기에 몰리면 측근이라도 과감하게 버릴 줄 아는 사내였다. 그 냉정함이 대통령이라는 높은 위치까지 진출할 수 있게 해주었다고 생각하고 있기도 했다.

"그러면 이대로 체포 작전을 진행합니까?"

"그럴 수밖에 없지 않은가?"

"병력을 움직이겠습니다."

"기자 회견도 준비하게나. 모든 것은 하노프 총괄국장의 독단이었다고 강조할 필요가 있어."

사람들은 소문을 좋아하고 러시아 내부에는 아직도 그에게 반기를 든 세력이 존재한다. 그들이 잘못된 소문으로 정치적인 보복을 할 수도 있기 때문에 확실하게 못 박아두는 게 좋았다.

"대통령님께서 지시하신 대로 계획을 진행하겠습니다."

"좋군. 이만 나가보게."

"알겠습니다."

대통령 집무실에서 나온 알렉세이는 복도를 따라 걸으며 품속에서 스마트폰을 꺼냈다. 정보국 업무용으로 사용하는 보안 스마트폰이었다.

-국내 공작 2팀장입니다.

"나 정보국장이다. 하노프 총괄국장의 신변을 확보할 준비는 끝났나?"

-모든 준비가 끝났습니다. 저희 팀과 국내 공작 3팀에서 요원들이 동원될 예정입니다.

스마트폰 너머로 들려오는 자신감 가득한 목소리에 알렉세이의 입가에 미소가 번졌다.

"지금부터 하노프 총괄국장의 체포 작전을 허가한다. 각 팀은 작전을 실행하도록."

-확인했습니다. 진행하겠습니다.

국내 공작 2팀장의 대답이 끝나기 무섭게 알렉세이는 통화를 종료했다.

"모든 것은 계획대로."

그의 입가에 사악한 미소가 번졌다.

"제2보병대가 전멸했습니다!"

"제4보병대도 피해가 큽니다!"

"보병들이 무너지면서 중앙의 마법사 부대가 노출되었습니다. 추가 지원 병력을 요청하고 있습니다!"

지휘부는 혼란스러웠다. 전령들이 끊임없이 전황을 보고하고 있었는데, 모두 좋지 않은 내용뿐이었다.

'좋지 않군.'

최고 지휘관을 상징하는 휘장을 가슴에 붙인 귀족이 입술을 깨물며 생각했다. 그는 '노블 오더'의 교육을 받은 백작이었지만 이런 상황은 처음 겪어보았다.

'1만 병력이 단 1명에게 유린당하다니, 이건 수치스러운 일이다.'

입술을 세게 깨문 것인지 붉은 피가 흘러내렸다. 왕국 연합군과 전투 중인 기마대는 오히려 승기를 잡고 있었지만, 본진이 문제였다.

"최고 지휘관님! 이대로는 이곳, 전방 지휘부도 위험합니다!"

"결정을 내려주십시오!"

지휘관들의 재촉에 '노블 오더'의 백작은 고개를 들어 올리며 입을 열었다.

"노블 오더는 투항하지 않는다."

목소리가 딱딱하게 굳어 있었다.

"그리고 당연하지만 물러나지도 않는다!"

그는 검을 뽑았다. 시선이 향한 곳에는 중무장한 기사가 서 있었다. 걸치고 있는 망토와 목걸이, 그리고 갑옷에 각인된 문장은 그의 소속이 기사 여단이라는 사실을 말해주고 있었다.

"경께서 나서주셔야겠습니다."

"괜찮겠습니까? 제가 출격하면 이곳이 취약해집니다."

"제 사병들로 충분합니다. 부디, 하얀 악마를 요격해 주십시오…… 안데르센 경."

'노블 오더'의 백작이 고개를 살짝 숙였다. 안데르센의 입가에 희미한 미소가 번졌다. 그의 모습이 사라졌다. 다시 모습을 드러낸 곳은 전장이었다.

-주군! SSS급이 출현했습니다!

안데르센은 거대한 폭풍과도 같은 마력의 물결을 몰고 등장했다. 리슈발트는 황급히 경고했다.

성준은 검을 회수하며 다른 기사들과 거리를 벌렸다.

"흡수!"

소드마스터 할머님 9

SSS급과의 전투에 대비하기 위해 쓰러진 적들에게서 체력과 마력을 흡수했다.

-최하위이기는 하지만 SSS급이 분명합니다! 기사 여단입니다!

그의 말이 끝나기 무섭게 뭔가가 빠르게 접근해 오는 것을 느낄 수 있었다. 성준은 급히 검을 들어 올려 방어했다. 서로의 검이 충돌하면서 엄청난 후폭풍이 주변을 휩쓸었다.

"기사 여단 서열 20위의 안데르센입니다."

"내 이름은……."

"곧 죽을 사람의 이름 따위는 궁금하지 않습니다."

안데르센이 검을 휘둘렀다.

'빠르다!'

여단 서열 20위의 최정에 기사답게 검을 휘두르는 속도가 매우 빨랐다. 동조율이 1%라도 낮은 상황이었다면 일격에 즉사했을지도 몰랐다.

"당신은 '하얀 악마' 그 정도로 충분합니다."

그는 검을 회수하며 동시에 자세를 바꾸었다.

성준은 그의 자세가 응용 검술의 준비 동작이라는 것을 알아챌 수 있었다.

"질풍검."

"큭!"

수십 개의 검풍이 동반된 날카로운 찌르기에 성준의 사제복이 찢어지며 붉은 피가 튀었다. '불온한 기도'는 방어 옵션도 붙어 있었지만, SSS급 기사의 검풍을 막아낼 정도는 아니었다.

"리슈발트!"

성준은 피를 흩뿌리며 뒤로 물러났다.

동시에 리슈발트에게 마력을 부여했다. 실체를 얻은 리슈발트의 검격이 안데르센을 노렸다.

"이, 이건!"

어느 순간 급소를 노리고 훅 들어오는 찌르기에 안데르센은 크게 당황하기는 했지만, 옆으로 몸을 날려 회피했다.

하지만 완벽하게 피하지는 못했다. 옆구리에서 붉은 피가 터져 나왔다.

"힐!"

안데르센이 자세를 재정비하는 사이, 성준은 '힐'로 상처를 치유했다.

-극의에 다다른 쾌검입니다.

리슈발트가 말했다.

성준은 대답 대신 고개를 끄덕였다. 응용 검술의 사용 속도도 빨랐다. 쉬운 상대가 아니었다.

-버프도 받고 있는 것 같습니다.

안데르센의 몸이 희미하게 빛나고 있었다. 성준은 입술을 살짝 깨물었다. 유감스럽게도 '불온한 기도'에는 버프가 옵션으로 붙어 있지 않았다.

"다시 갑니다."

"오러 최대로."

성준은 오러를 증폭시켰다.

안데르센은 성준의 주위를 빙 둘러 우측을 노렸다. 빛의 속도라고 해도 과언이 아닐 정도로, 일순간에 검이 성준의 허리를 깊숙이 베었다.

성준은 방어를 시도하는 대신에 검을 들어 올려 공격 자세를 취했다.

"도, 동귀어진?"

경악하는 안데르센을 보며 성준은 입꼬리를 끌어 올렸다. 처음부터 허리의 절반을 내줄 생각이었다.

피가 폭포처럼 쏟아지고 내장이 끊어졌지만, 신경 쓰지 않았다. 안데르센이 서둘러 검을 회수하고 있었지만, 성준은 지금 자신이 펼칠 일격 필살의 검술이 막힐 것이라 생각하지 않았다.

"환영검!"

그는 자신감을 담아서 시동어를 토해냈다.

"환영검이라고?"

안데르센은 황급하게 방어 검술을 펼쳤다. 평범한 연격이었다면 막아낼 자신이 있었으나, 환영검은 예외였다.

최고 기사 로우켈이 직접 만들었으며, 그 누구에게도 전수하지 않은 최고의 살상 기술은 그의 전신을 찢어놓았다.

"커헉!"

26개의 환영검을 막아내는 게 한계였다. 하지만 그것도 대단한 것이었다. 아마 제대로 된 방어 자세를 갖춘 상태에서 환영검을 받아냈다면 방어에 성공했을지도 몰랐다.

"힐!"

성준은 '힐'을 사용하여 치명상을 치유했다.

"아, 안데르센 경이 당했습니다!"

"기사 여단 서열 20위가 당했다는 말이야?"

"미, 믿을 수 없다!"

과정은 보이지 않았다. 안데르센이 피투성이가 되어 쓰러진 결과만 보였다. 제국군은 성준에게 쉽게 덤벼들지 못했다. 고도의 훈련과 정신 교육을 받았다고는 하지만 그들도 인간이었다. 압도적인 무력의 차이 앞에서는 절망할 수밖에 없다.

"이제 내 이름을 알 준비가 된 것 같네."

성준은 주변을 살폈다. 아주 잠깐, 안데르센과 대화할 시간은 있을 것 같았다.

"내 이름은……"

"그럴 필요…… 없습니다…… 당신의 이름은 이미 알고 있으니까요……."

안데르센은 힘없이 미소를 지어 보였다. 이제야 모든 것을 알게 되었다. 그런 표정이었다.

"만나서 영광이었습니다…… 로우켈…… 선배님……."

그 말을 끝으로 안데르센의 숨이 끊어졌다.

"너는 훌륭한 적이었다. 안데르센."

성준은 손을 들어 올렸다.

"흡수."

체력과 마력을 흡수하였다.

-동조율 76%가 되었습니다.

리슈발트가 보고했다.

SSS급의 적이라서 그런지 동조율이 1%나 상승하였다. 성준
은 싸늘한 시선을 흩뿌리며 입을 열었다.

"지휘부까지 얼마나 남았지?"

-얼마 남지 않았습니다. 지휘부 주변으로 병력이 집결하고
는 있지만, 주군의 상대가 되지는 못할 것입니다.

"좋아. 이대로 가자."

"안데르센 경이 당했습니다!"

지휘부로 뛰어들어온 전령이 절망적인 소식을 전했다. 지휘
부 막사 안에 충격의 물결이 번졌다. 손톱을 물어뜯으며 안데

르센의 소식을 기다리고 있던 지휘관들의 안색이 창백하게 변했다. 그들에게 있어서 기사 여단 서열 20위의 안데르센은 최후의 희망이었다. 그리고 지금 이 순간, 최후의 희망이 허무하게 무너졌다.

"하얀 악마는?"

최고 지휘관을 맡고 있는 '노블 오더'의 백작이 전령에게 물었다. 성준이 어디서 난리를 치고 있는지 알아야 대응이 가능했다. 절망이 고개를 들었지만 '노블 오더'의 백작은 포기할 생각이 없었다.

"이쪽으로 진격 중입니다. 지휘부 호위대가 차단을 시도했지만 얼마나 버텨줄지 모르겠습니다."

"1만 명의 병력을 뚫고 벌써 지휘부까지 접근했다는 말인가!"

"이게 '하얀 악마'의 무력……."

전령의 보고에 지휘관들은 두려움에 떨 수밖에 없었다. 만 명의 군대가 지휘부를 보호하고 있었다.

왕국 연합군을 저지하기 위해 기마대가 따로 행동했다고는 하지만 그래도 7천 이상의 병력이 '하얀 악마' 강성준과 맞섰다. 그런데 벌써 여기까지 돌파당한 것이었다.

"그, 그래도 백작님의 지휘부 호위대라면 '하얀 악마'를 저지할 수도 있지 않겠습니까?"

"기사 여단 서열 20위의 안데르센 경까지 당했습니다! 노블 오더의 사병이라고 해도 무립니다!"

젊은 지휘관 1명이 희망을 품었지만 다른 지휘관이 그것을 처참하게 박살 냈다.

'노블 오더'에 소속된 귀족 지휘관들의 사병은 제국의 정규군보다 훈련 상태도 좋고 지급 받는 보급품의 질도 좋아서 정예병으로 취급받지만 '하얀 악마'를 막는 것은 무리라고 생각되었다.

"왕국 연합군은?"

'노블 오더'의 백작이 물었다.

"기마대가 저지하고 있습니다."

다행히 왕국 연합군은 크게 활약하지 못했지만 안심할 수는 없었다. 왕국 연합군을 막더라도 지휘부가 무너지면 끝이다.

"지휘부 호위대가 전멸했습니다! 하얀 악마가 오고 있습니다!"

전령이 뛰어들어오면서 소리쳤다. 그의 외침이 막사를 뒤흔들었다. 지휘관들의 시선이 전령에게 집중되었다. 그리고 잠깐의 침묵이 흘렀다.

"모두 엎드리십시오!"

"옵니다!"

지휘부 막사 안에 남아 있던 소수의 기사는 검을 뽑고 고위마법사는 캐스팅을 시작했다.

그들이 갑작스럽게 전투를 준비하는 이유는 하나였다. 막사 안에 하얀 악마, 강성준이 있었다.

"주, 죽여……! 커헉!"

"으아아악!"

무기를 뽑아 든 모두가 피를 흩뿌리며 쓰러졌다. 성준이 검을 휘두르는 모습이 보이지 않았다. 그들의 눈에 보이는 성준은 그저 가만히 서 있을 뿐이었다.

최고 지휘관, '노블 오더'의 백작을 제외한 지휘부의 모든 사람이 성준의 검에 목숨을 잃었다.

"너만 죽으면 지휘부는 끝나."

성준이 제국군의 진형을 무너뜨려 놓았고, 이제 '노블 오더'의 백작만 남았으니 지휘부도 무력화되었다고 볼 수 있었다. 기마대가 왕국 연합군을 성공적으로 저지하고 있다고는 하지만 추가 지시 없이 야전 지휘관의 판단만으로는 한계가 있다.

"이거…… '노블 오더' 사령부에 '하얀 악마'에 대한 판단을 수정해야 한다고 보고해야겠군."

백작은 침착하게 말했다. 그의 목소리에서는 어떤 떨림도 없었다. 전장이 아닌, 자택의 침실에서 쉬고 있는 것처럼 평온한 표정이었다. 마치 이 '지옥'에서 빠져나갈 수단을 가지고 있는 듯한 모습이었다.

-체내 마력의 양으로 볼 때 고위 마법사가 분명합니다. '블링크'를 사용할 생각인 것 같습니다.

리슈발트가 말했다.

자세히 보니 백작이 오른손에 낀 반지가 심상치 않았다.

-마정석입니다.

마정석을 바탕으로 마력을 운용할 경우 마법의 효율이 증가한다. 그래서 마법사들이 많이 사용하고는 했다. 보통 스태프에 마정석을 장착하지만, 반지나 목걸이 같은 장신구에 넣어 두는 경우도 많았다.

"그건 네가 살아 있어야 가능한 게 아닐까?"

"다 방법이 있으니, 걱정하지 말게."

'노블 오더'의 백작이 입꼬리를 끌어 올렸다. 리슈발트의 말대로 블링크를 사용해서 도망칠 생각이겠지만 유감스럽게도 성준은 모든 경우의 수를 꿰뚫고 있었다.

'고속 영창인가……?'

단순히 마정석이 박혀 있는 반지가 아니라, 옵션이 붙어 있는 아이템이라면 백작의 자신감이 어느 정도 이해가 가기는 했다. 고위 마법사가 '고속 영창' 옵션이 붙어 있는 아이템을 착용한 상태라면 그야말로 순식간에 '블링크'를 완성할 수 있기 때문이었다.

하지만 그럼에도 불구하고 성준은 여유로웠다. '노블 오더'의 백작이 어느 순간에 블링크를 캐스팅하더라도 곧바로 반응하여 저지할 자신이 있기 때문이었다.

"만나서 반가웠네. 나는 이만 가봐야 할 것 같군."

백작이 말을 끝맺는 것과 동식에 마력을 끌어 올렸다. 예상대로 고속 영창의 옵션이 붙어 있는 것인지 캐스팅 속도가 무서울 정도로 빨랐다.

하지만 성준의 검은 이미 백작의 목을 노리고 있었다. 다음 순간, 그의 목이 떨어질 것이라는 사실은 분명해 보였다.

"크하하하하! 어리석은!"

성준의 검이 투명한 보호막에 가로막혔다. 그 모습을 본 '노블 오더'의 백작은 미친 사람처럼 웃어댔다.

"멍청한 놈! 이거 '불가침 귀환'이라는 거다!"

'불가침 귀환'은 술식이 복잡하여 쉽게 사용할 수 없는 귀환 마법이었다. 귀환할 때까지 시간은 오래 걸리지만 '앱솔루트 실드'가 그동안 시전자를 보호한다. 아무래도 1회성 아이템을 사용한 모양이었다.

"하하하하!"

백작은 웃음을 참지 못했다. 그 유명한 '하얀 악마'에게 한 방 먹였다고 생각한 모양이었다.

그 모습을 본 성준도 웃음을 터뜨렸다.

"하하하하!"

"뭐가 그렇게 우습지?"

백작이 물었다. 성준은 대답하지 않았다. 대신 검을 들어 올

리며 검술 자세를 취할 뿐이었다.

"설마 앱솔루트 실드를 파괴할 수 있다고 생각하는 건가?"

"참검."

대답 대신 행동했다. 차원조차 잘라내는 특수한 검술 앞에 앱솔루트 실드는 쓸데없는 종이 방패나 다름없었다.

차원과 함께 보호막이 찢어지고 백작의 상체와 하체가 분리되었다.

"어……?"

피 분수가 솟구쳤다.

'노블 오더'의 백작은 믿을 수 없다는 표정으로 시선을 옮겼다. 고개를 돌리기 무섭게 피를 쏟아내고 있는 하체의 모습이 보였다.

"애…… 앱솔루트 실드가…… 쿨럭!"

백작은 붉은 피를 토해냈다. 지금 이 상황을 부정하고 싶었지만 끊어진 허리에서 느껴지는 치명적인 고통이 현실을 직시하게 만들었다.

-제한적이라고는 하지만 역시 참검의 위력은 굉장하군요.

"그만큼 마력 소모도 심하지."

성준은 짧은 대답과 함께 검을 들어 올렸다. 그리고 백작의 목을 잘라내는 것으로 그에게 최후를 선사했다.

"흡수."

흡수된 체력과 마력은 많지 않았다.

-새로운 아이템의 존재를 확인.

계측기가 반응했다. 루팅 결과, C급 아이템 2개를 찾아낼
수 있었다. '불가침 귀환'은 1회성 아이템을 사용한 것 같았다.
성준은 차원 주머니에 루팅한 아이템 2개를 집어넣은 뒤, 지휘
부 막사에서 나왔다.

-보스는 안데르센 경이었던 것 같습니다. 지금이라도 귀환
할 수 있습니다.

리슈발트가 말했다. 성준은 고개를 저으며 입을 열었다.

"안데르센이 가지고 있는 목걸이부터 루팅해야지."

안데르센은 여단 소속의 기사였다. 목걸이나 반지, 혹은 두
개를 모두 착용하고 있을 확률이 높았다.

성준은 안데르센과의 전투를 벌였던 곳으로 발걸음을 옮겼다.

제국군 진영은 대혼란 상태였다. 지휘부가 전멸하자 무너진
진형이 정비되지 않았다. 그런 상황에서 왕국 연합군이 맹공
격을 퍼붓자 제국군은 버티지 못했다. 퇴각하지는 않았지만
흩어진 부대들이 차례대로 각개격파 당하고 있었다.

"전투 중이라고는 해도 너무하네."

안데르센의 시체가 있는 곳에 도착한 성준은 안타까운 마

음에 혼잣말을 중얼거렸다. 전투 중이라고는 하지만 여단 서열 20위 기사의 시체가 방치되어 있는 모습을 보니 마음이 아팠다. 그는 안데르센의 시체에서 기사 여단의 목걸이를 집어 들었다.

목걸이에는 '20'이라는 숫자가 각인되어 있었다. 그것은 기사 여단의 서열 20위라는 것을 의미했다.

"리슈발트. 합성이다."

성준이 말을 마치며 착용하고 있던 목걸이와 안데르센의 목걸이를 들어 올렸다. 그러자 리슈발트가 마력을 끌어 올려 두 개의 목걸이를 합성했다.

-새로운 아이템의 존재를 확인.

합성이 끝나자 계측기가 반응했다. 성준은 하나가 된 목걸이에 계측기의 감정 기능을 사용했다.

[기사 여단의 목걸이+12]

S급.

마력 회복 효과 확인.

'기사 여단의 목걸이'가 +12가 되었다. 이제는 '20'이라는 숫자가 각인된 목걸이를 성준은 목에 걸었다. 그리고 다시 고개를 들자 전진해 오는 왕국 연합군의 모습을 볼 수 있었다.

"전진하라!"

"국왕 폐하를 위하여!"

왕국 연합의 병력이 제국군을 몰아내자 성준의 주위로 초록색 망토를 걸친 기사들이 모습을 드러냈다.

-주군. 엘리트 나이트의 고위 기사들입니다.

리슈발트가 말했다.

"강성준 경이십니까?"

고위 기사 중 1명이 조심스럽게 물었다.

성준은 왕국 연합의 중앙 3군 장군, 산도르에게 이름을 밝힌 적이 있었다. 그래서 왕국 연합 내에서는 하얀 악마의 이름을 알고 있는 이들이 많았다.

성준은 대답 대신 고개를 끄덕였다.

"최고 지휘관님께서 뵙고 싶어 합니다. 시간이 괜찮으시다면……."

"안내해 주시겠습니까?"

"물론입니다. 최고의 예우를 갖추겠습니다."

왕국 연합 기사들의 정점이라고 할 수 있는 엘리트 나이트의 고위 기사들조차 성준에게 최고의 예우를 갖췄다. 그는 무력도 뛰어나지만 '킹스골드'를 하사받은 왕국 연합의 은인이었다.

성준은 고위 기사들의 안내를 받아 왕국 연합군의 지휘부 막사로 이동했다.

"강성준 경께서 오셨습니다!"

막사 문이 열리고 왕국 연합 제1 왕국의 왕세자, 에반스가 뛰어나왔다. 그는 반가운 얼굴로 성준을 반겼다.

"강성준 경! 이렇게 다시 뵙게 될 줄은 몰랐습니다!"

"그동안 안녕하셨습니까?"

성준의 물음에 에반스는 그동안의 사정을 설명했다. 그는 연합 왕세자가 되었고 서부 전선 리디크 평원에서의 승리를 발판으로 왕국 연합군의 군대가 조금씩이지만 전진하고 있다는 소식을 전했다.

"잘된 일이군요."

성준은 고개를 끄덕였다.

얼마 전, '이계인 사냥'이 진행되었을 때 제국의 반격이 생각보다 약하다 싶었는데, 왕국 연합이 반격을 시작한 탓에 지구에 전력을 투입할 여유가 없었던 모양이었다.

"이 모든 게 리디크 평원에서의 승리 덕분입니다! 강성준 경! 당신이 없었다면 불가능했을 겁니다!"

그동안 왕국 연합은 제국과의 긴 전쟁에서 패전이 잦았다. 최근, 성준이 '하얀 악마'로 개입을 시작하자 조금씩 승전을 늘려가고 있었다. 그래서 에반스는 물론이고 왕국 연합의 고위 층은 성준에게 고마워하고 있었다.

"때가 되면 다시 오겠습니다."

"벌써 가시는 겁니까?"

성준은 대답 대신 고개를 끄덕였다. 그리고 리슈발트를 향해 시선을 옮겼다.

-귀환하겠습니다.

다른 이들의 목소리가 멀어졌다.

4장
징벌의 검

　각성 던전을 클리어한 성준이 지구로 귀환했다.

　-클리어 보상으로 마력을 획득하셨습니다. 현재 동조율은 77%입니다.

　리슈발트가 보고했다. 제물이 되었던 던전의 밖으로 나오자 음료수를 마시며 기다리고 있는 한석의 모습이 보였다. 그는 성준의 기척을 느끼고 고개를 들었다.

　"오셨습니까?"

　'충성의 룬'은 한석을 성준의 충직한 기사로 만들었다. 그는 헌터 세단의 뒷좌석 문을 열었다. 성준이 뒷좌석에 탑승하자 한석은 뒤이어 운전석으로 자리를 옮겼다. 그리고 운전대를 잡았다.

"별일 없었지?"

"제가 길드장님을 기다리고 있는 동안 제니퍼에게서 연락이 왔습니다."

"제니퍼가 무슨 일로?"

"말해주지 않아서 저도 자세히는 모르겠습니다만, 얼마 전에 있었던 테러와 관련되어 있는 것은 분명합니다."

한석은 나름대로 추측을 해보았다.

성준도 그와 비슷한 생각이었다.

"전화해 볼 생각이십니까?"

스마트폰을 꺼내 드는 성준의 모습을 본 한석이 물었다. 성준은 고개를 끄덕이며 제니퍼에게 전화를 걸었다. 공략을 진행했던 던전에서 안전 가옥까지 이동하려면 1시간 정도 걸린다. 시간은 충분했다.

-제니퍼입니다.

짧은 통화 대기음이 끝나고 제니퍼가 전화를 받았다.

"한석이한테 들었습니다. 연락했다면서요?"

-중앙헌터국에서 보고 받은 내용이 있어서요.

"테러와 관련된 겁니까?"

-네. 러시아 정보국에서 테러의 배후로 관제국의 하노프 총괄국장을 체포했습니다. 곧 러시아 정부에서 공식적인 발표가 있을 것 같습니다.

제니퍼가 말했다.

기뻐해야 할 내용이었지만 전혀 그렇지 않았다. 오히려 이유를 알 수 없는 찝찝한 기분이 전신에 차올랐다.

"테러의 배후가 확실합니까? 러시아에서 '조작한' 배후일 가능성은 없습니까?"

-지금까지 러시아 정보국의 행보를 보면 가능성이 전혀 없는 건 아닙니다.

그녀는 중앙헌터국의 소속이기 때문에 러시아 정보국의 행동 패턴에 대해서는 잘 알고 있었다.

하지만 지레짐작하여 선불리 확신하는 실수를 범하지는 않았다.

"가능성이 크다는 말이군요."

-적어도 저는 그렇게 생각합니다만, 중앙헌터국과 CIA에서는 확실한 증거를 찾지 못했어요. 쉽게 나설 수 있는 문제는 아닌 것 같습니다.

"하노프 총괄국장의 신변은 러시아 정보국에서 확보한 상태입니까?"

성준이 물었다. 하노프의 신변 확보는 중요한 문제였다. 러시아 정보국에서 거짓 자백이라도 받아내서 공식 발표한다면 진짜 배후를 찾기 힘든 상황이 될 수도 있었다.

-네. 그쪽에서 관리하고 있습니다.

제니퍼의 대답에 성준은 입술을 살짝 깨물었다.

하지만 아직 늦은 것은 아니었다.

"연합 위원장의 권한으로 지시하겠습니다. 하노프 총괄국장을 확보하세요."

-모든 수단을 동원합니까?

"반드시 확보할 자신이 있다면 그 어떤 수단과 방법을 사용해도 상관없습니다. 임시로 연합 위원회의 간부 권한을 부여하겠습니다."

제니퍼가 이렇게 말할 정도면 러시아 정보국의 손에서 하노프를 빼낼 자신이 있다는 말이었다. 성준은 통화가 끝나기 무섭게 그녀를 믿고 임시 간부 권한을 부여했다.

"밟아, 최대한 빨리."

"알겠습니다."

성준의 지시에 한석은 차량의 속도를 올렸다. 1시간 정도 걸리는 거리였지만 50분 만에 도착할 수 있었다. 경호원들의 인사를 받으며 안전 가옥 안으로 들어갔다.

테러 이후, 안전 가옥으로 옮기면서 경비 문제는 이든과 중앙헌터국의 요원들이 맡게 되었다.

1층 응접실 앞에 앉아 있던 제니퍼가 성준의 기척을 느끼고 몸을 일으켰다.

"추가로 보고할 내용이라도 있습니까?"

문 앞에서 기다리고 있는 데에는 이유가 있을 거라고 생각되었다. 성준의 물음에 제니퍼는 희미한 미소를 머금은 채 입을 열었다.

"안으로 들어가시죠."

"저는 문을 지키겠습니다."

두 사람이 방으로 들어갔다. 한석은 심상치 않은 기류를 느끼고 수문장을 자처했다.

"내일쯤에 러시아 정보국에서 하노프를 넘겨줄 거예요."

"생각보다 빠르네요."

자백을 받아낼 때까지 러시아 정보국이 하노프를 놓아주지 않을 것이라고 생각했다.

"과격한 수단까지 사용하려고 했는데, 러시아 정보국이 생각보다 협조적인 태도를 보이더군요."

원만한 과정과 만족스러운 결과였다.

"물론 협박을 하긴 했습니다."

성준의 시선을 느낀 것일까?

제니퍼는 솔직하게 말했다. 지금 러시아의 상황은 좋지 않았기 때문에 중앙헌터국에서 연합군 문제로 협박하면 이겨낼 수 없었을 것이었다.

"구금할 장소는 정했습니까?"

"모스크바에 구금 시설이 완비된 거점이 없습니다. 그래서 안전 가옥으로 인도받기로 했습니다. 제로스 씨께서 구금 시설을 만들고 계십니다."

"아…… 제로스라면 문제없겠네요."

하루 만에 구금 시설을 갖추는 것은 일반인에게는 무리였지만 제로스는 마도학자였다. 마법의 힘을 빌리면 불가능한 일은 아니었다.

"5분 전에 보고를 받았는데, 벌써 절반 정도 진행되었다고 하더군요."

제니퍼가 말했다. 성준은 혀를 내둘렀다. 주어진 시간이 많아도 30분 정도였을 것인데 구금실 공사의 절반이 진행되었다니! 새삼스럽지만 마법은 위대한 것 같았다.

"확인해 보시겠습니까?"

"아뇨. 그럴 필요는 없을 것 같습니다."

성준은 고개를 저었다. 제로스는 급하다고 서두르는 성격이 아니니 믿고 맡겨도 될 것 같았다.

"보고할 게 더 있습니까?"

"없습니다."

"좋습니다. 저는 쉬고 있을 테니까, 내일 하노프를 인도받을 때 요원들을 충분히 투입해 두세요. 러시아 정보국에서 무슨 짓을 꾸밀지 모릅니다."

순순히 인도해 주는 척하면서 위장 병력을 보내서 다른 곳으로 빼돌리거나 암살을 시도할 우려가 있었다. 러시아 정보국의 관할 구역을 벗어나면 중앙헌터국에 책임을 넘기기도 쉽다.

"이든 씨의 팀이 움직일 겁니다."

"그럼 안심이네요."

이든의 전투 실력과 실전 경험은 미국의 S급 마법계 헌터들 중에서도 수준급이었다. 그래서 믿을 수 있었다.

"저는 좀 쉬어야겠습니다."

그 말을 끝으로 성준은 침실로 돌아갔다. 리슈발트에게 경계를 맡기고 그대로 깊은 잠의 늪에 빠져들었다. 다음날 늦은 오후가 되어서야 성준은 침대에서 몸을 일으킬 수 있었다. 안데르센과의 전투로 인한 긴장과 피로가 컸던 모양이었다. 씻고 1층으로 내려가니 차를 마시면서 시간을 보내고 있는 한석이 있었다.

"일어나셨습니까?"

한석이 빈 찻잔을 내려놓으며 인사를 건넸다. 성준은 고개를 끄덕이며 입을 열었다.

"하노프 총괄국장의 인도는 어떻게 됐어?"

"이든과 제니퍼가 데리러 나갔습니다. 10분 전에 별일 없이 잘 오고 있다는 연락을 받았습니다."

"곧 오겠네."

"네. 아마도요."

성준은 한석의 앞에 앉았다.

"러시아 상황은 어때?"

"좋은 방향은 아니지만, 안정화되고 있습니다. 길드장님의 활약 덕분에 시베리아 연방 관구를 제외하면 대부분의 지역을 탈환한 거로 알고 있습니다."

시베리아 연방 관구의 피해는 심각했다.

"아무래도 시베리아 연방 관구는 '사냥터'가 될 것 같습니다."

"사냥터?"

"개방형 마물 출몰 지역을 부르는 새로운 용어입니다. 헌터 닷컴 같은 커뮤니티에서 많이 사용하더군요."

한석의 말에 성준은 고개를 끄덕였다. 의미는 충분히 전달되었다.

"별일 없었네."

성준은 30분 동안 한석으로부터 하루 동안 있었던 일들을 보고 받았다. 특별한 사건이나 사고는 없었던 모양이었다.

"강성준 경. 일어나셨습니까?"

대화가 거의 끝날 때쯤이었다. 제로스가 모습을 드러냈다. 구금실 공사에 마력을 많이 소모한 것인지 전체적으로 피곤한 분위기를 풍기고 있었다.

"공사는?"

"어제 끝났습니다. '샘플'을 활용할 시설도 갖췄습니다."

제로스가 말하는 '샘플'은 다양한 고문을 체험하는 '실험체'였다.

"언제 도착할지 기대되는군요."

제로스의 입가에 소름 끼치도록 사악한 미소가 번졌다. 그 모습을 보며 성준은 고개를 저었다.

따뜻한 차를 마시며 30분 정도를 기다리자 하노프가 이든과 제니퍼의 감시를 받으며 안전 가옥으로 들어왔다.

"구금실로 옮기세요."

"알겠습니다."

하노프는 저항하지 않았다. 모든 것을 포기한 얼굴이었다. 이든과 제니퍼가 하노프를 구금실에 구속했다.

"구경하시겠습니까?"

제로스가 제안했다. 성준은 흔쾌히 고개를 끄덕이고는 앞서서 구금실로 향하는 제로스를 뒤따랐다. 러시아는 혼란스러웠지만, 현재 성준은 '파업' 상태였기 때문에 다른 일정이 없었다.

이든과 제니퍼는 중앙헌터국 소속이었지만 고문을 즐기는 경지는 아니었기 때문에 구속이 끝나기 무섭게 구금실을 떠났다. 셋이 남게 되자 제로스는 콧노래를 흥얼거리며 '장비'를 꺼냈다.

"준비는 끝났습니다."

고문 경험이 풍부한 성준이 보기에도 살벌한 장비들이었다. 철제 의자에 묶여 있는 하노프의 안색이 창백해졌다.

"자, 잠간만……."

구속되어 있어서 몸을 움직일 수 없었다. 무력하게 고문을 당할 수밖에 없다는 상황이었다.

"일단 허벅지부터 쑤시고 시작하겠습니다."

"아, 안 돼……!"

제로스는 하노프의 애원을 무시하고 날카로운 송곳을 들어올렸다. 왼쪽 허벅지를 노리고 내려찍으려는 순간이었다.

그는 하노프의 신체에서 수상한 마력의 흐름을 감지했다.

"강성준 경."

목소리가 심각했다. 성준의 시선이 제로스에게 향했다.

"누가 제 '샘플'에 손을 댄 것 같습니다."

"그게 무슨 말이야?"

"특정한 진술을 막는 '금제'가 걸려 있습니다. 이거…… 이상하군요."

"금제? 그건 이계의 기술이잖아."

'금제'는 지구의 마법이 아니었고, 이계에서도 흔하게 사용되는 게 아니었다. 성준은 입술을 살짝 깨물었다. 어쩐지 순순히 넘겨준다 싶었는데, 금제가 걸려 있을 줄은 예상조차 하지 못했다.

"그래서 이상하다는 겁니다. 아무래도 '노블 오더'와 관련이 있는 것 같습니다."

이계에서도 '금제'를 즐겨 사용하는 집단은 제국의 '노블 오더'였다.

"풀 수 있어?"

성준이 물었다. 금제를 풀지 못하면 고문을 통해 정보를 알아낼 수가 없다.

"제가 누군지 잊으셨습니까?"

제로스의 입가에 미소가 번졌다.

그제야 성준도 안도할 수 있었다.

"지금 당장 금제를 해제할 수 있습니다."

우수한 실력을 가진 마도학자답게 행동과 목소리에서 자신감이 넘쳐 흘렀다. 그는 곧바로 하노프의 금제 해제를 시도했다. 그 작업은 10분이 걸리지 않았다.

"해제했습니다."

"좋아. 시작해."

성준의 입가에 미소가 번졌다. 제로스는 즐거운 마음으로 고문을 시작하려고 했지만 하노프가 먼저 입을 열었다.

"모, 모두 말하겠습니다! 배후는 제가 아닙니다! 러시아 정보국장 알렉세이입니다!"

하노프가 말했다.

성준의 눈동자가 반짝였다. 거짓말은 아니었다. 그는 제로스에게 고문을 중단할 것을 지시했다.

"자세히 설명해 줄래?"

그는 모든 것을 털어놓았다. 어떻게 사용한 것인지는 모르겠지만 '금제'를 너무 믿은 러시아 정보국장 알렉세이의 실수였다.

"'노블 오더'와 관련이 있는 것 같습니다."

"거래했나 봐."

성준은 알렉세이를 본 적 있었다. 그래서 그가 이계인이 아니라는 것 정도는 알고 있었다. 노블 오더와 비밀리에 접촉하여 모종의 거래를 했을 확률이 높았다.

"어떻게 하시겠습니까?"

"나를 죽이려고 한 거로도 모자라서 가짜 배후를 내밀었는데, 내가 어떻게 해야 좋겠니?"

"일단 잡아 와서 '샘플'로 만드는 게 좋을 것 같습니다."

제로스가 싸늘한 미소를 머금은 채 말했다.

"좋은 생각이야."

성준도 입꼬리를 끌어 올렸다.

"굳이 강성준 경께서 나설 필요도 없는 문제 같습니다."

제로스가 말했다. 그는 이런 '사소한' 일까지 성준이 관여할 필요가 없다고 생각하고 있었다.

"군주는 지배하고 군림하는 위치에 있습니다. 최한석 씨를 '사용'하시지요."

"한석이라면 믿을 수 있지."

성준은 고개를 끄덕였다.

한석은 대한민국 S급 헌터 랭킹 1위였다. 세계적인 기준으로 봐도 S급 상위권의 실력자였다. 거기다 충성의 룬까지 각인되어 있으니 이런 일을 믿고 맡길 수 있었다.

"한석아!"

"부르셨습니까?"

더 망설일 이유는 없었다.

성준은 한석을 불렀다. 얼마 지나지 않아서 한석이 달려왔다. 구금실 문을 지키고 있어서 그런지 반응이 빨랐다.

"이번 테러 사건의 배후를 알아낸 것 같아."

성준은 한석에게 현재 상황을 말해주었다. 설명이 끝나자 그는 화가 난 얼굴로 입을 열었다.

"길드장님을 대신해서 제가 처리하겠습니다."

'충성의 룬'은 상호 합의만 있다면 각인과 동시에 그 사람을 충직한 '기사'로 만든다. 이미 한석의 충성심은 성준이 전생에서 함께했던 직속 부하들과 비슷할 정도였다.

"조용히 데려와. 죽이지는 말고."

"알겠습니다."

그날 밤, 한석은 알렉세이의 신변을 확보하기 위해 은밀하게 움직였다. 성준도 가만히 있지는 않았다.

그는 연합 위원들을 동원하여 러시아 정보국의 모스크바 감시망에 혼란을 유도했다. 잠깐이었지만 모스크바 감시망이 제대로 기능하지 않는 동안 한석은 알렉세이의 납치에 성공했다.

"연락이 왔습니다. 오고 있다고 하네요."

제니퍼가 보고했다. 성준의 입가에 미소가 번졌다.

"조심해서 오라고 전해요."

안전 가옥 경비는 중앙헌터국의 요원들이 맡아서 하고 있지만, 러시아 정보국에서 주변을 감시하고 있지 않다는 보장이 없었다.

실제로 리슈발트는 수상한 기척이 느껴진다고 보고하기도 했었다.

"도착한 것 같습니다."

제니퍼가 말했다. 성준은 고개를 끄덕였다. 은밀하게 접근하는 한석의 기척이 느껴졌다.

이윽고 한석은 1층의 창문을 통해 들어왔다. 그의 뒤로 사람 한 명이 간신히 들어갈 수 있을 것 같은 크기의 관이 허공에 둥둥 떠서 따라왔다.

"다녀왔습니다. 길드장님."

"수고했어. 알렉세이는?"

"이 기절시켜서 관 안에 넣어놨습니다. 구금실로 옮기면 됩니까?"

"그래. 증거는 안 남겼지?"

중요한 문제였다. 러시아 정보국에서 역추적에 성공한다면 성준이 조금 곤란해질 수도 있었다. 그는 SSS급 헌터인 레이아와 더불어 러시아 방어의 핵심 전력이기 때문에 직접적인 피해는 없겠지만 기껏 만들어놓은 이미지에 손상이 생기게 된다.

"완벽하게 처리했습니다. 역추적 문제는 걱정하지 않으셔도 됩니다."

한석은 자신감 넘치는 목소리로 말했다.

"좋아. 구금실로 옮겨."

성준이 먼저 지하로 발걸음을 옮기자 한석이 뒤따랐다. 그가 손짓하자 알렉세이를 '보관'하고 있는 관이 1m 정도 높이에 둥둥 뜬 상태로 같이 이동했다. 구금실의 공간이 넓은 편은 아니었지만 1명 정도는 구속하고 고문할 정도는 되었다.

쿵!

다소 요란한 소리와 함께 관이 차가운 시멘트 바닥에 떨어졌다. 한석이 손을 흔들자 관 뚜껑이 열리고 알렉세이의 모습이 드러났다.

"기절 마법을 걸어두었습니다."

"잘했어."

현명한 판단이었다. 물리적으로 기절시켰다면 중간에 깨어나서 소란을 피웠을 가능성도 있었다. 무엇이든지 마법으로 처리하는 게 최고였다.

"의자에 묶어."

뒤늦게 지하로 내려온 제로스와 제니퍼가 기절한 알렉세이를 의자에 앉히고 단단히 포박했다. 구속이 끝나자 한석은 알렉세이에게 걸어두었던 기절 마법을 해제했다.

"허억!"

알렉세이가 눈을 떴다. 흐릿한 시야가 정상으로 돌아오기 무섭게 시야를 장악하는 낯선 광경에 그는 크게 당황했다.

'무, 무슨 일이!'

하지만 당황하는 것도 잠시였다. 그는 눈동자를 바쁘게 움직여 주변 상황을 파악했다.

'강성준한테 납치당했어……? 그렇다면 눈치를 챈 건가?'

정보국장다운 빠른 판단 능력이었다. 시야에 성준이 있을 뿐이었지만 그는 자신이 처한 상황을 어느 정도 짐작할 수 있었다.

하지만 거기까지가 한계였다. 구속당한 상태로는 아무것도 할 수 없었다. 아니, 자유로운 상태라고 해도 마찬가지였을 것이다. 훈련을 받았다고는 하지만 그는 일반인이었다. 그런데 감금실에는 비공식 SSS급 헌터가 1명에 A급 헌터가 2명, 그리고 S급 헌터가 1명 있었다. 탈출을 생각하는 것부터가 어리석은 일이었다.

"좋은 아침입니다."

성준이 살벌한 미소를 머금은 채 말했다. 제로스가 통역을 맡았다.

"큭!"

"알렉세이 정보국장님은 머리가 좋으니까 지금 무슨 상황에 처했는지 대충은 알 거라고 생각합니다."

"무슨 말씀인지 모르겠습니다! 어서 이걸 풀어주시지요!"

알렉세이는 일단 모르는 척, 잡아떼는 것부터 시작했다. 격렬하게 고개를 젓는 그 모습은 자백할 생각이 전혀 없어 보였다. 생각해 보면 당연한 반응이었다.

"우리는 하노프 총괄국장의 진술서를 가지고 있습니다. 순순히 자백하는 게 좋을 겁니다."

내색하지는 않았지만, 알렉세이는 당황했다.

'금제가 뚫릴 리가 없을 텐데……?'

그는 긴장감을 이기지 못하고 마른침을 삼켰다. 고도의 연기 실력으로 표정을 관리했지만, 성준은 그가 당황했다는 사실을 쉽게 읽을 수 있었다.

"금제를 뚫을 방법이 없다고 생각했습니까?"

성준이 말했다.

그 말은 날카로운 칼날처럼 알렉세이의 심장을 파고들었다. 그의 포커페이스가 무너지면서 떨리는 눈동자가 고스란히 드러났다. '금제'라는 키워드가 모든 것을 절망으로 물들인 것이다.

"우리 쪽에도 이계 마법에 조예가 깊은 사람이 있어서요."

"나, 나는 모르는 일입니다."

알렉세이는 계속해서 고개를 저었다. 하지만 포커페이스는 무너졌고 완벽한 진술서까지 준비되어 있었다.

"제로스. 설명을 부탁할게."

"맡겨주십시오."

살벌한 웃음을 흘리며, 제로스는 알렉세이에게 한 걸음 다가갔다. 공포 분위기 조성을 위해 고문 도구를 집어 드는 것도 잊지 않았다.

셀 수 없을 정도로 많은 샘플을 다뤄온 숙련자의 분위기는 고문을 견디는 훈련을 받은 알렉세이조차 긴장하게 만들 정도였다.

"너무 무서워하지 마세요. 이건 '지금' 사용할 생각은 없습니다."

제로스가 말했다. 그는 싸늘한 미소를 흘리며 하노프가 진술한 내용을 말해주었다.

하지만 알렉세이는 여전히 고개를 저었다.

'빌어먹을 이계인 놈들! 절대 뚫릴 리 없다고 그렇게 장담하더니!'

속으로는 비밀리에 접촉했던 '이계인'들을 욕했다. 그들은 하노프에게 금제를 걸어주며 걱정할 일은 없을 것이라고 장담했었다.

"강성준 경. 아무래도 교육이 필요할 것 같습니다."

"저, 저는 문을 지키겠습니다."

제로스가 고문 도구를 가볍게 흔들자 제니퍼는 수문장을

자처해 구금실 밖으로 나갔다. 그녀는 제로스가 '샘플'을 가지고 노는 모습을 한 번 본 적이 있었다. 그 후로, 트라우마라도 남은 것인지 이런 상황이 있을 때마다 자리를 비웠다.

"시작해."

성준의 허락이 떨어지자 제로스는 입꼬리를 슬쩍 끌어 올리며 알렉세이를 향해 시선을 옮겼다.

"진행하겠습니다."

"고문해도 소용없습니다! 저는 아무것도 모릅니다."

고문 도구가 코앞까지 다가온 상황에서도 끝까지 고개를 젓는 모습에 성준은 싸늘한 미소를 지으며 입을 열었다.

"착각하는 것 같은데, 자백 진술은 필요 없습니다."

"무, 무슨……? 그럼 왜 고문을……!"

"징벌이라고 해두죠."

성준은 더 이상 말을 잇지 않았고, 제로스가 고문을 시작했다. 알렉세이는 전문적인 훈련을 받았지만 30분을 버티지 못하고 항복을 선언했다.

"제, 제발 그만……! 으아아아악!"

간절히 애원했지만 제로스는 멈추지 않았다. 6시간 동안 계속된 고문은 알렉세이의 숨통이 끊어진 뒤에서야 끝났다.

제로스는 마법으로 알렉세이의 시체를 처리한 뒤, 성준의 방으로 발걸음을 옮겼다.

"강성준 경. 접니다."

"들어와."

제로스가 문을 열고 들어왔다.

"'노블 오더'의 은신처를 찾아낸 것 같습니다."

알렉세이를 고문하는 과정에서 알게 된 사실이었다. 제로스의 신묘한 고문 실력에 알렉세이는 제발 죽여달라고 애원하면서 알고 있는 모든 정보를 실토했다. 그 결과, 알렉세이가 거금을 받고 노블 오더의 잔당들을 은신처에 숨겨줬다는 사실도 알게 되었다.

"어디야?"

"모스크바에 있습니다. 연합 위원들을 보낼까요?"

"다 죽여."

성준이 대답했다.

'포로'를 잡으라는 말은 하지 않았다. '노블 오더'를 생포하는 게 매우 힘들다는 것을 누구보다 잘 알고 있기 때문이었다. 현재 상황에서 최선의 명령은 '섬멸'뿐이었다.

"지시를 전달했습니다."

제로스는 간부 위원 전용 어플을 사용하여 연합 위원들에게 지시를 전달했다. 모스크바에서 대기 중이던 연합 위원 몇 명이 지시를 수행하기 위해 지정된 좌표로 움직였다.

다음 날, 이른 아침 제로스가 성준을 찾아왔다.

"결과는?"

성준이 물었다. 아침 일찍부터 제로스가 찾아온 이유는 뻔했다. '노블 오더'의 은신처 공격 결과를 보고하기 위해서였다.

"노블 오더의 은신처 공격 결과입니다."

제로스는 가방에서 보고서 1장을 꺼내 성준에게 건네며 설명을 이어갔다.

"16명이 죽었습니다. 제가 확인해 본 결과 이계인은 2명이었습니다. 그중에 1명이 '노블 오더'의 준남작이었고 나머지 1명은 특무군의 살수였습니다."

보고서 내용도 구두 보고와 일치했다. 성준은 만족스러운 표정으로 고개를 끄덕였다.

"이제 러시아에 남은 잔당을 모두 정리해도 될 것 같은데…… 네 생각은 어때?"

예전에 정보 역공작을 위해 일부러 남겨 두었던 제국 측 잔당들을 이야기하는 것이었다.

"저도 그게 좋을 것 같다고 생각합니다. 러시아가 안정되고 있는 지금 상황에서 잔당들의 이용 가치는 이제 없다고 봐도 좋을 정도입니다."

"좋아, 연합 위원회의 병력을 동원해서 다 쓸어버려."

성준이 시원하게 명령을 내리자 제로스의 입가에 환한 미소가 번졌다. 그는 성준과 마찬가지로 제국에게 배신당한 경험이 있는 탓에 그들을 증오하는 마음이 깊었다. 제국군의 피가 흐를 것을 생각하니, 가슴이 뛰는 모양이었다.

제로스는 어플을 사용하여 망설임 없이 지시를 내렸다. 러시아 전역에 흩어져 있던 제국의 잔당들이 토벌되었다는 보고가 연이어 도착했다.

"잔당 토벌이 끝났습니다."

최종 보고가 도착할 때까지 일주일이 걸리지 않았다. 잔당 토벌의 마지막을 고하는 제로스의 입가에 미소가 선명했다.

"이것으로 지구의 제국 잔당이 대부분 토벌되었습니다."

"확실한 거겠지?"

"적어도 정보기관은 완전히 무너졌습니다. 여러 번 확인을 거친 내용이니 안심해서도 좋습니다."

제로스의 대답에 성준은 만족스러운 표정으로 고개를 끄덕였다. 지구에 투입된 정보기관이 무력화되었다면 제국과 종족 연합의 동맹은 불리한 입장에 처할 것이었다.

5장
안정

　황제가 여단의 최고 기사 로우켈을 숙청하고 종족 연합과 동맹을 맺었을 때 제국에서는 난리가 났었다. 기사들이 검을 놓았고 반대의 목소리를 내는 귀족들도 있었지만, 황제의 절대적인 권력 앞에서 대항하는 것은 무리였다. 로우켈의 측근들과 동맹 반대파는 자비 없이 숙청당했고 황제는 권력을 강화했다.

　하지만 과도한 숙청 때문에 제국은 내부에서부터 썩어가기 시작했다. 그리고 마침내, '해방군'이라는 이름과 깃발을 내건 반란군까지 등장하기에 이르렀다. 강대한 제국을 상대하기에는 부족한 규모였지만 반대 의견조차 내지 못했던 과거에 비하면 많은 발전이 있었던 것이었다.

"후작님. 시간이 되었습니다."

군복을 입은 남성이 제국 동부 방면군 사령관을 맡고 있는 페이드 후작의 집무실 문을 두드리며 말했다.

"지금 나가겠네."

나무문 너머로 나지막이 들리는 목소리. 그리고 5분 정도의 시간이 흐르자 문이 열리며 페이드 후작이 수행원들과 함께 걸어 나왔다.

"말이 준비되어 있습니다."

"좋아. 안내하게나."

페이드는 고개를 끄덕이며 미소를 지었다. 그는 수행원들과 함께 마구간으로 발걸음을 옮겼다.

"정말 혼자서 괜찮으시겠습니까?"

목적지는 제국 내에서도 치안이 좋지 않은 무법지대 중 한 곳이었다. 그래서 부관은 걱정스러운 시선을 보냈지만 페이드는 어이가 없다는 표정으로 고개를 저었다.

"나는 제국에서도 25명밖에 없는 검성이라네. 누가 나를 위협할 수 있겠는가?"

"죄송합니다."

"죄송할 것까지는 없다네."

페이드는 시원하게 말하며 말에 올라탔다. 은밀하게 행동해야 하기 때문에 수행원을 동행하지 않은 채 무법지대로 향했다. 짧지 않은 여행 끝에 무법지대의 작은 도시에 도착한 그는 약속된 장소로 발걸음을 옮겼다.

작은 도시의 분위기와는 어울리지 않는 고급 여관이었다. 무장한 경비병이 순찰을 돌고 있었다. 신분을 속이기 위해 허름한 옷을 입었지만, 전신에서 느껴지는 강자의 기운에 경비병들은 페이드의 앞을 가로막지 않았다. 덕분에 방해 없이 고급 여관에 들어간 그는 일행들과 만나기로 약속된 객실로 발걸음을 옮겼다.

'301호⋯⋯.'

3층 복도는 통제되고 있었다. 2명의 무장한 남자가 벽에 기대어 있었는데, 아닌 척하고 있지만, 사실은 계단을 감시하고 있었다. 페이드는 그들과 안면이 있었다.

"백작님께서 기다리고 계십니다."

두꺼운 검을 허리에 찬 남자가 작은 목소리로 말했다.

페이드는 고개를 끄덕인 뒤, 301호의 문을 열었다.

안에는 2명의 남자가 있었다. 한 명은 귀족의 예복을 입고 있었고 다른 한 명은 제국군 소속을 나타내는 제복을 입고 있었다. 제복을 입은 남자의 허리에는 2개의 검이 걸려 있었다.

"오셨습니까?"

귀족의 예복을 입은 남자가 먼저 일어나서 페이드를 향해 인사를 건넸다.

페이드는 고개를 끄덕이며 입을 열었다.

"오랜 만이군. 알론스 백작."

귀족은 알론스 백작이었다. 그는 로우켈의 숙청 이후, 권력에서 멀어졌지만, 여전히 막강한 재력을 보유하고 있었으며 그것을 바탕으로 비밀리에 해방군을 지원해 왔다.

"호위는 3명뿐인가?"

"'겨울검' 정도면 충분하지 않습니까?"

겨울검, 리펄스. 제국에 25명밖에 없는 검성.

"하긴, 검성인 리펄스 자작이 동행하면 걱정할 건 없지. 제국에서 그를 상대할 수 있는 자는 몇 명 없으니까."

"저한테는 과분한 말씀이십니다."

2개의 검을 차고 있는 기사가 대답했다. 그를 보며 페이드는 희미한 미소를 머금었다. 리펄스의 겸손한 점이 마음에 들었다. 입이 무겁고 충직하니 믿을 수 있었다.

"너무 겸손할 필요 없다네. 리펄스 자작."

페이드는 말을 마치며 알론스에게로 시선을 옮겼다.

"최근 상황은 어떤가?"

"로우켈의 의지가 깃든 검, 제자가 모습을 드러냈다는 소식에 해방군의 사기가 높아졌습니다. 하지만 페이드 후작님께서도 아시겠지만, 제국에서 진압 병력을 추가 배치했습니다."

해방군의 규모가 예전보다 커졌고 왕국 연합이 대대적인 반격을 펼치고 있었으나 제국은 여전히 강대했다. 진압 병력을 추가 배치한 것은 아직 제국에 여유가 있다는 사실을 말해주고 있었다.

"하얀 악마가 로우켈의 제자인 게 확실하다면 최대한 빨리 접촉해야 합니다."

그의 존재가 확인된 것만으로도 사기가 올랐다고는 하지만 여전히 해방군의 상황은 좋지 않았다. 로우켈의 제자와 접촉하여 더 많은 이들의 지지를 받아야 한다는 게 알론스 백작과 해방군 수뇌부의 생각이었다.

로우켈은 많은 기사들의 지지를 받은 검성이었다. 대부분 황제에게 죽임을 당했지만 숙청당하지 않은 이들도 적지 않았다.

"로우켈의 제자가 있다는 소식을 들으면 검성 에리나 경도 생각을 바꿀 겁니다."

마물 척살단장이었던 에리나는 로우켈의 측근이었다. 그녀는 로우켈의 측근이었지만 종족 연합과의 동맹이 맺어지고 마물 척살단이 해산되면서 자연스럽게 요직에서 물러나게 되었다. 그 이후, 그녀는 모든 것을 잃은 사람처럼 고향에서 허무하게 시간을 보내고 있었다.

"나도 그렇게 생각한다네."

"저는 최근 감시가 붙어서 움직일 수 없습니다. 후작님께서 방법을 찾아주셔야 합니다."

"알겠네. '하얀 악마'와 접촉할 방법을 찾아보겠네."

페이드는 고개를 끄덕이며 대답했다. 어깨가 무거웠다.

제국 잔당 대부분이 토벌되고 연합 위원회의 병력이 시베리아 연방 관구를 제외한 다른 지역들을 탈환하면서 러시아는 안정되는 듯싶었다.

하지만 내부는 썩어들어가고 있었고 러시아의 영웅인 성준이 테러당한 것을 빌미로 정권 교체가 시도되고 있었다. 현 러시아 대통령이 하야하고 표트르가 대통령직을 이어받으면서 알렉세이가 의문의 실종을 당한 것에 대한 조사는 더 이상 진행되지 않았다.

"표트르는 저희 쪽 사람입니다. 아직 정권 초기라서 불안정하지만, 그가 러시아를 완전히 장악하면 분명 강성준 씨에게도 도움이 될 겁니다."

제니퍼가 조심스럽게 말했다. 직접적으로 언급하지는 않았지만, 표트르가 러시아 정권을 확실히 잡을 수 있도록 도와 달라는 말이었다.

-주군의 사람을 연방 보안국장에 앉히는 걸 조건으로 거는 게 좋을 것 같습니다.

고민했지만 리슈발트가 좋은 해결책을 제시했다. 정권이 교체되면서 연방 보안국장의 자리가 비었다. 그곳에 측근을 앉혀두면 영향력을 행사할 수 있을 것이다. 성준은 러시아의 군사력을 장악한 상태이니, 연방 보안국까지 손에 넣으면 대통령의 권한이 많이 약화될 것이었다.

'하노프밖에 없나……'

모든 일을 주도한 알렉세이는 괘씸해서 고문으로 죽여 버렸지만 하노프는 살려두었다. 살려주는 것을 대가로 '충성의 룬'을 각인시키고 연방 보안국장 자리에 앉히면 훌륭한 하수인 하나가 탄생하는 것이었다. 마음 같아서는 러시아 정보국도 장악하고 싶었지만 이제 요직에 앉힐 인력이 없었다.

"좋습니다. 제가 도와주겠습니다."

"감사합니다."

"그런데, 조건이 있습니다."

"무엇이든 말씀해 주세요."

제니퍼가 말했다. 미국도 대가 없이 성준의 도움을 받아낼 수 있을 거라 생각하지 않았다.

"러시아 연방 보안국장의 자리에 제 사람을 앉히고 싶습니다."

"그건 어렵지 않습니다. 그런데 마땅한 인물이 있었던가요?"

그녀는 흔쾌히 고개를 끄덕였다. 요직을 양보하는 것은 미국에서도 예상한 경우의 수였다.

"있습니다. 미국에서는 제가 어떤 인물을 내세워도 그 사람을 연방 보안국장에 임명하겠다는 약속만 해주면 됩니다."

"설령 노숙자를 데려온다고 해도 연방 보안국장의 자리를 내어주겠습니다."

"미국의 뜻입니까?"

권한을 가지고 있는 상태인지 묻는 것이었다.

"지금 저는 전권을 가지고 있습니다. 문서화해도 좋습니다."

"좋습니다."

성준은 제로스를 불러서 약속을 문서화할 준비를 끝냈다. 대화 내용이 문서화 되었다. 두 사람의 서명을 끝으로 계약이 성립되었다.

"전달하겠습니다."

제니퍼가 자리를 비우자 성준은 한석, 그리고 제로스와 함께 지하의 구금실로 내려갔다. 그곳에선 하노프가 여전히 의자에 묶인 채 괴로워하고 있었다.

"일어나라."

제로스가 러시아어로 말했다. 성준은 그 모습을 보며 통역 마법은 정말 편리하다고 생각했다.

"깨워."

"알겠습니다."

하노프는 깨어나지 않았고 성준은 답답한 마음에 제로스에게 그를 깨울 것을 지시했다. 제로스는 가벼운 충격 마법을 사용했다.

"큭!"

마력 충격이 가해지자 하노프가 정신을 차렸다.

"고, 고문은 제발!"

정신을 차리기 무섭게 제로스가 시야에 들어왔다.

그는 눈물을 흘리며 절규에 가까운 애원을 쏟아냈다. 고문이 두려웠던 것이었다. 누명을 쓴 것을 참작했기 때문에 고문은 거의 없었지만 옆에서 알렉세이가 당하는 것을 고스란히 지켜봤다. 그도 연방 보안국 요원 출신이었기 때문에 알렉세이가 당한 고문이 얼마나 치명적이고 고통스러운 것인지 알 수 있었다.

"제안하고 싶은 게 있습니다."

"뭐든지 하겠습니다! 그러니까 제발 알렉세이한테 했던 그런 끔찍한 고문은……! 자비를 베풀어주십시오!"

하노프는 성준의 예상보다 협조적이었다. 제로스가 바로 옆에서 알렉세이를 고문한 게 큰 효과를 보이고 있었다.

성준은 제로스를 향해 시선을 보냈다. 귀찮으니 '충성의 룬'에 대해 설명해 달라는 신호였다. 어차피 제로스가 통역 마법을 사용하는 중이었기 때문에 성준이 말해봤자 전달은 그의 몫이었다.

"진정하고 내 말을 잘 들어라. 하노프."

제로스가 위압적인 분위기를 풍기며 말했다. 그는 하노프가 고개를 끄덕이자 '충성의 룬'과 '거래'에 대해 설명을 시작했다. 설명이 끝날 때까지 5분 정도의 시간이 걸렸다.

　"너의 선택을 존중하겠지만 거래를 거절하면 지옥이 기다리고 있을 거다. 그것만은 알아줬으면 좋겠군."

　"하겠습니다! '충성의 룬'인지 뭔지 각인해도 좋습니다! 노예가 되겠습니다!"

　처음부터 대답이 정해져 있었다고 해도 좋을 정도로 망설임이 없었다. 귀찮은 일 없이 문제가 해결되었기 때문에 성준은 만족스러운 표정으로 고개를 끄덕였다.

　"진행해."

　제로스가 하노프에게 '충성의 룬'을 각인했다. 그의 동의가 있었기 때문에 작업에 무리는 없었다. 이것으로 하노프는 성준의 충직한 '기사'가 되었다.

　"충성을 다하겠습니다."

　'룬'의 각인이 끝나자 성준을 바라보는 하노프의 눈빛부터가 달라졌다. 놀라운 변화에 성준은 '충성의 룬'의 효과에 대해 감탄했다.

　새삼스럽지만 제국에서조차 금지된 이유를 알 것 같았다.

　"너는 지금부터 내 지시에 따른다."

　성준은 말을 낮췄다.

하노프는 고개를 끄덕이며 입을 열었다.

"실망시키지 않겠습니다."

"좋아."

성준은 미소를 지었다. 그러고는 제로스를 시켜 하노프의 구속을 풀어줬다.

"미국에서 놀라겠지만 계약서를 작성했으니, 문제는 없을 겁니다."

"내가 있으니까, 반대하지는 못할 거야."

목소리에서 자신감이 넘쳤다.

$$\maltese$$

"관제국의 총괄국장이었던 하노프를 말씀하시는 게 맞습니까?"

성준으로부터 하노프를 러시아 연방 보안국장으로 임명해 달라는 말을 들은 제니퍼는 자신의 귀를 의심했다. 그녀는 재확인을 위해 성준을 보며 질문을 던졌다.

성준은 고개를 끄덕이는 것으로 긍정했다.

"강성준 씨? 제 기억이 틀리지 않았다면 하노프는 적이 아니었던가요?"

"제니퍼가 잘못 기억하고 있는 겁니다. 누명을 쓴 거지 적은 아니었습니다."

"하지만 신뢰할 수 있을까요?"

제니퍼가 조심스럽게 물었다. 연방 보안국장의 자리는 러시아의 요직 중 하나였다.

"저를 믿으세요."

최선의 대답이었다. 제니퍼는 믿을 수 있는 요원이지만 이계와 관련된 자세한 사정을 설명할 정도는 아니었다.

"강성준 씨를 믿습니다."

제니퍼가 시원하게 대답했다. 그녀는 현재 미국으로부터 관련된 전권을 위임받은 상태였다. 그래서 그녀의 결정은 곧 미국의 뜻과 같다고 볼 수 있었다. 자세한 내용을 묻지 않는다는 것은 신뢰의 증표이기도 했기에 기분이 좋았다.

"좋습니다."

"절차가 진행될 거예요. 제 생각에는 오래 걸리지는 않을 것 같습니다. 아마 총괄국장 자리의 인수인계가 끝나면 하노프가 연방 보안국장에 임명될 겁니다."

미국답게 일처리는 빠르게 진행되었다. 며칠 뒤, 하노프가 연방 보안국장에 임명되었다는 보고가 전달되었다.

"저희 쪽에서도 조금 무리한 거 아시죠?"

제니퍼가 말했다. 아직 미국 측 인물인 표트르가 러시아 정권을 완전하게 장악하지 않은 상태였기 때문에 하노프를 연방 보안국장에 임명하는 것은 쉽지 않았다. 그럼에도 무리하게 진행한 것은 성준에 대한 성의 표시였다.

"이제는 제 차례네요. 어떻게 도와드리면 됩니까?"

"강성준 씨한테는 러시아군에 대한 최고 지휘권이 있는 걸로 알고 있습니다."

이전 러시아 대통령과의 협상으로 얻어낸 것이었다. 정권이 바뀌면서 뒷말이 나올 수도 있었겠지만, 다행히 표트르는 미국 측 인물이었기 때문에 조약에 태클을 걸지 않았다.

"군을 움직여야 하는 문제입니까?"

"교전 상황은 발생하지 않을 거예요. 그저 일부 군부대를 움직여 주기만 하면 됩니다."

"쉽지 않을 겁니다. 아직 시베리아 연방 관구 주변은 전쟁터니까요."

지역 탈환은 계속되고 있었지만 시베리아 연방 관구는 종족 연합에게 완전히 점령한 상태였다. 그래서 경계 주변은 언제나 군부대가 배치되어 있었다. 성준이 가진 최고 지휘권은 절대적인 게 아니었기 때문에 시베리아 연방 관구 주변의 군부대를 움직이는 것은 사령부의 동의가 없으면 힘들었다.

"그쪽 말고 후방 부대만 움직여 주면 됩니다."

"더 자세히 말씀해 주시겠습니까?"

성준이 물었다. 정확한 내용을 알고 있어야 군부대를 움직이는 데 도움이 된다. 제니퍼는 대답 대신 태블릿 PC의 화면을 성준에게 보여주었다. 이동해야 할 부대와 그 위치가 정확하게 기록되어 있었다. 눈동자를 빠르게 움직여서 한 차례 훑어본 결과, 대부분 모스크바 쪽에 배치된 부대들이었다.

던전 레이드 시대가 발생하면서 도시 근처에 군부대가 주둔하는 경우는 당연했지만 러시아에 대규모 레이드 상황이 발생하면서 모스크바 내부와 외부에는 군이 대규모로 배치되어 있었다.

"이 부대들만 움직이면 됩니까?"

미국의 계획에 대해서는 자세히 묻지 않았다. 성준은 미국이 자신에게 해가 될 만한 행동을 하지 않을 것이라는 사실을 알고 있었고, 무엇보다 궁금하지도 않았다.

"지시를 전달해 두겠습니다."

대화가 끝나고 성준은 러시아군 사령부에 연락을 하여 부대 이동을 지시했다. 현 대통령인 표트르와 미국의 편에 선 국방부 인물들이 찬성표를 던진 덕분에 큰 어려움 없이 부대 이동이 이루어졌다.

"작전을 개시한다."

군사 이동이 끝나고 밤이 찾아오자 모스크바로 수백 명 규모의 미군 특수부대가 침투했다. 그들은 현 러시아 대통령 표트르에게 반대하는 이들 중에서도 강경파를 찾아 신변을 확보하거나 암살하는 임무를 부여받은 상태였다.

모스크바 곳곳에서 총격전이 벌어졌다. 치안 병력이 출동했지만 중무장한 병력들을 막을 수는 없었다. 그들은 군부대에 지원을 요청했지만 일시적인 군사 이동으로 인해 모스크바에서 멀어진 군의 병력이 도착했을 때는 모든 상황이 종료된 뒤였다.

"표트르가 러시아를 완전히 장악했다고 합니다."

제로스가 보고했다. 제니퍼가 따로 전달하지 않아도 모든 정보는 연합 위원회로 흘러들어 오고 있었다.

"하노프도 연방 보안국 장악을 시작했습니다. 우리 쪽 사람들이 중요한 자리를 차지했습니다."

"순조롭게 진행되고 있어서 다행이네."

성준은 만족스러운 표정으로 고개를 끄덕였다. 이것으로 성준은 러시아에 강력한 영향력을 행사할 수 있게 되었다.

"시베리아 연방 관구는 완전히 '사냥터'가 되었습니다. 매일같이 세계 각국의 헌터들이 마정석 루팅을 위해 이용하고 있으며, 마물들도 더 이상 전진하지 못하고 있습니다."

종족 연합에서 완전히 점령한 시베리아 연방 관구의 현재 상황이었다.

"종족 연합도 슬슬 손을 봐줘야 할 것 같은데……."

"강성준 경의 의견에는 저도 동의합니다. 귀국하면 공격 던전을 여는 게 좋을 것 같습니다."

제로스는 제국도 싫어하지만 종족 연합에도 좋은 감정을 가지고 있지 않았다.

-제로스 경의 의견에는 저도 동의합니다.

리슈발트도 같은 생각인 모양이었다. 그 역시도 종족 연합과의 전쟁터에서 살아왔으니 감정이 좋을 리가 없었다.

"그러고 보니 한국에 돌아가야 하는데……."

대규모 레이드 때문에 러시아에 왔지만 한국에서도 할 일이 많았다. 벌써 3월이다. 적지 않은 시간이 흐른 것이었다. 그동안 아버지인 수혁과 계속 연락을 주고받았지만 서운해하는 것 같았다. 그것은 설아도 마찬가지였다.

"러시아가 안정화되었으니, 이제 귀국해도 괜찮을 것 같습니다."

제로스가 말했다. 시베리아 연방 관구를 제외한 지역을 모두 탈환한 이후, 연합군은 철수했고 헌터들도 사냥이 목적이 아니라 국가에서 동원된 이들은 귀국하는 추세였다.

"하노프가 조금 걱정되는데……."

"총괄 국장 시절에 어이가 없는 행동을 몇 번 하기는 했지만 그 사람도 요원 출신입니다. 과거에는 꽤 유능했다고 하더군요. 걱정할 필요는 없을 것 같습니다."

하노프의 과거 조사는 이미 끝난 뒤였다.

"귀국하자. 그게 좋을 것 같다."

성준은 결정을 내렸다. 러시아가 안정화되었으니, 더 이상 이곳에 머물 이유가 없었다.

"러시아 정부에 전세기를 요청하겠습니다."

"며칠이나 걸릴까?"

"이틀이면 충분하다고 봅니다."

예상과 달리 다음 날 전세기가 준비되었고, 성준과 그의 일행은 귀국했다.

성준을 태운 전세기가 인천국제공항에 착륙했다. 공항을 나서는 성준 일행에게 기자들이 달라붙었다. 모스크바를 구한 러시아의 영웅에 대한 이야기는 좋은 기삿거리였다.

"길드장님. 귀찮으시다면 제가 '처리'할까요?"

한석이 말했다. '처리'라는 말이 불안했다. 위험한 의도는 없었겠지만 성준은 '충성의 룬'으로 인한 과잉 충성의 부작용을 우려했다.

그는 황급히 고개를 저었다.

"간단한 인터뷰 정도는 괜찮을 거야."

그러고는 기자들 쪽으로 발걸음을 옮겼다. 기자들은 기다렸다는 듯 마이크를 내밀며 질문 공세를 퍼붓기 시작했다. 주로 '러시아'와 관련된 것들이었다. 거대한 국가를 통째로 집어삼킬 정도로 대규모 레이드가 발생했고 한국 최강의 헌터가 그것을 종식하는 데에 큰 활약을 했으니, 당연한 관심이었다.

"러시아 국민들을 외면할 수 없었고, 그래서 최선을 다했습니다."

성준은 간단하게 상황 설명을 끝낸 뒤, 적당히 포장된 멘트로 인터뷰를 끝맺었다.

그의 귀국을 환영하기 위해 공항 앞에 모여 있던 사람들은 인간적인 모습에 환호를 보냈다. 정철과 만나기로 약속한 장소로 향하는 성준의 입가에 미소가 번졌다. 좋은 이미지가 추가되었다. 이것은 분명 나중에 도움이 될 것이었다.

"길드장님. 오랜만에 뵙습니다."

검은 승합차 앞에서 스마트폰을 보면서 대기하고 있던 정철은 기자들에게서 벗어나 다가오는 성준을 보며 반갑게 인사했다.

"길드에는 별일 없었지?"

"네. 던전 공략도 정기적으로 진행했습니다. 사무적인 쪽은 총무님이 잘 처리해 주셨습니다."

A급 헌터 3명이면 던전 하나를 공략하기에 충분한 전력이었다. 동급의 던전은 아슬아슬하겠지만 B급의 공략에는 무리 없었을 것이었다.

"다행이네."

성준은 고개를 끄덕이며 차량에 탑승했다. 제로스와 한석도 정철과 가볍게 인사를 나눴다. 제니퍼는 보고해야 할 일이 있다면서 중앙헌터국에서 보내준 걸로 보이는 차를 타고 다른 곳으로 이동했다.

"저택으로 바로 이동합니까?"

"그게 좋을 것 같아."

대답을 듣기 무섭게 정철은 운전대를 잡았다. 차량은 곧장 저택으로 향했다. A동에 있던 신철과 장훈은 성준이 저택에 도착했다는 소식을 듣고 서둘러 정원으로 나왔다.

"강성준 씨!"

"형님!"

오랜만에 보는 얼굴들이었다. 마음 같아서는 정철까지 포함해서 세 사람과 함께 러시아에서 활약하고 싶었지만, 수혁의 안전 문제 때문에 그럴 수 없었다. 제국의 공작 세력은 거의 토벌했지만 잔당이 남아 있을지도 몰랐고 대한민국에서 성준에게 악의를 품은 이가 없다고 할 수도 없었다. 성준은 언제나 수혁의 안전을 최우선으로 생각하고 있었다.

마음 같아서는 한석도 대한민국에 남겨두고 싶었지만 러시아에서 믿고 뒤를 맡길 인원이 필요했기 때문에 어쩔 수 없었다.

"형님! 러시아는 어땠습니까? 미녀가 많다고 하던데요?"

그들은 응접실에 모였다. 장훈이 먼저 질문을 던졌다. 궁금한 게 많았던 모양이었다. 특히 '여자' 쪽으로. 유감스러운 일이지만 성준은 러시아에 가서 정말 바쁘게 움직였기 때문에 여자를 볼 여유가 없었다.

"아마도 그럴 거야."

"애매한 대답입니다. 형님!"

장훈은 고개를 저었다. 그밖에도 여러 질문이 쏟아졌고 성준은 모두 대답해 주었다. 아무 관련 없는 기자들과 달리 그들은 믿을 수 있는 길드원들이었다.

"분위기도 좋은데, 오늘 밤은 파티룸에서 술 한잔하는 게 어떻겠습니까? 제가 얼마 전에 괜찮은 것들로 몇 개 골라왔습니다."

신철이 제안했다.

저택에는 파티룸이 있었다. 제로스는 연회장이라는 단어를 더 좋아하는 모양이었지만 다른 이들은 '파티룸'이라고 불렀다.

"나쁘지 않네. 기대한다."

"실망시키지 않겠습니다."

"설마 그걸 꺼내려는 거냐?"

장훈이 질문을 던졌다. 그러자 신철인 입꼬리를 끌어 올리며 고개를 끄덕였다.

"그렇습니다. '그거'입니다. 제가 힘들게 마련했죠."

호기심을 자극하려는 게 분명했다. 그 모습에 성준의 입가에 미소가 번졌다. 이런 분위기, 싫지 않았다.

그리고 시간은 금세 흘러 밤이 되었다. 제로스는 연회장이라고 부르지만 그를 제외한 모두가 파티룸이라고 하는 곳은 '바'를 연상하게 만드는 비쥬얼이었다. 다른 점이 하나 있다면 바텐더가 없다는 것이었다.

"여기는 제가 맡겠습니다."

신철이 일일 바텐더를 자처했다. 그는 거창한 솜씨가 있는 것은 아니었지만 칵테일을 제조하는 방법을 알고 있었다. 그동안의 기억을 더듬어보면 꽤 어려운 것도 만들 수 있다는 모양이었다.

사실 신철이 준비한 주류는 거의 비싼 양주나 와인 종류였고, 그가 귀찮아할까 싶어서 모두 칵테일을 따로 찾지는 않았다.

"오랜만에 모두 모여 있으니까, 좋네요."

장훈이 말했다. 모두 고개를 끄덕이며 동의했다. 처음 채워진 술잔이 비워지고 다시 채우려는 순간이었다. 성준은 익숙한 기척을 느꼈다.

'설아인가⋯⋯?'

이윽고 문이 열리자 기척의 주인을 볼 수 있었다. 성준의 시선이 향한 곳에는 설아가 있었다.

"저, 왔어요."

약간 거칠어진 숨을 가다듬는 설아의 모습을 보며 성준은 그녀에게 미리 연락하지 않았다는 사실을 뒤늦게 깨달았다. 설아 또한 길드원이기 때문에 회식에 부르는 것은 당연한 이치였을 터였다.

"제가 연락했습니다!"

"잘했어."

장훈이 말했다. 성준은 눈치 빠르게 행동한 그를 칭찬한 뒤, 설아를 향해 다시 시선을 옮겼다.

"윤설아 씨. 이쪽으로 와서 앉으세요."

"고마워요."

성준이 자신의 옆자리를 가리키며 말하자 그녀는 해맑게 웃으며 성준의 옆으로 쪼르르 달려가 앉았다.

"오늘은 과음하면 안 됩니다. 아시겠죠?"

술에 취하면 그녀가 어떻게 변하는지 성준은 잘 알고 있었다. 그래서 주의를 줬고 설아는 고개를 끄덕이며 잔을 받았다. 다른 이들도 서로의 잔에 술을 따라 주었다. 모두의 잔이 채워지자 성준은 자신의 잔을 들어 올리며 입을 열었다.

"제대로 된 길드 회식은 오늘이 처음이네요?"

그동안 바빠서 이런 자리를 마련하지 못했었지만, 러시아의 일이 정리되면서 기회가 생겼고 모두가 모일 수 있었다. 설아를 잊을 뻔했지만 장훈의 센스 있는 행동 덕분에 그런 상황은 모면할 수 있었다. 제니퍼는 연합 위원이긴 했지만 로드 길드원이 아니었다.

"굳이 따지자면 러시아에서의 승전을 기념하는 연회라고도 할 수 있겠군요."

"그건 조금 중2병 같지만 동의는 합니다."

제로스의 말에 신철이 동조했다. 틀린 말은 아니었다.

회식은 밝은 분위기 속에서 계속되었다. 들떠서 초반에 과음을 한 것인지 길드원들은 빈 술병이 늘어날 때마다 한 명씩 의식을 잃었고, 마침내 설아와 성준, 두 사람만 남았다.

"다들 술이 약하네요."

설아가 말했다. 그녀도 술이 센 편은 아니었지만, 오늘은 전혀 취한 기색이 보이지 않았다. 성준은 그녀와 술을 몇 번 마셔봤기 때문에 술에 취한 설아가 어떤 상태가 되는지 알고 있었다. 그런데 오늘은 그런 기미가 전혀 보이지 않았다.

"그러게요."

"나, 더 마셔도 괜찮죠?"

설아는 빈 술잔을 들어 올렸다.

성준은 그녀의 잔에 술을 따라 주며 입을 열었다.

"아직 멀쩡하신 거 보니까 괜찮을 것 같습니다. 제가 같이 어울려 드리죠."

그렇게 말하기는 했지만, 오늘 술이 많이 들어간 것인지 성준도 의식이 살짝 혼미해지는 것을 느꼈다.

하지만 설아는 멀쩡해 보였고 오랜만에 만난 것이기도 했기 때문에 술잔을 채워달라는 것을 거절하기 힘들었다. 빈 술병이 하나 더 늘어났다.

성준은 정신을 차리려고 애썼지만 쉽지 않았다. 쉬고 싶었지만, 설아는 계속 마시고 싶은 것 같았다. 그녀를 두고 혼자 내려가서 쉴 수는 없었다.

"후우!"

안주를 집어 먹었지만, 상태가 좋지는 않았다. 그러던 중, 성준은 시선을 느끼고는 설아를 향해 고개를 돌렸다.

그녀는 성준을 뚫어져라 바라보고 있었다.

"제 얼굴에 뭐라도 묻었습니까?"

"아뇨. 그냥 오랜만에 보니까 좋아서요."

설아는 솔직하게 말했다.

"그동안 너무 힘들었어요. 곁에 없으면 소중한 것을 깨닫는다는 말이 무엇인지 알 것 같았어요."

성준이 곁에 없는 시간이 길어질수록 그에게 품었던 호감이 거짓된 감정이 아니라는 확신이 더욱 강해졌다. 확신이 드는 것을 넘어서 그 감정은 더욱 강렬해졌고 그를 갈구하게 되었다. 성준을 향해 시선을 보내는 설아의 눈동자에 이슬이 맺혀 있었다.

"보고 싶었어요."

솔직한 감정 표현이었다. 수줍음 많은 그녀가 이 정도로 말할 정도면 취했을지도 모른다는 사실을 의심해 볼 법했지만 유감스럽게도 성준도 지금 이성적인 사고와 판단이 불가능한 수준에 이를 정도로 취해 있었다.

"강성준 씨."

"말씀하세요."

성준이 대답했다. 의식이 끊기기 직전이었지만 겉으로 보기에는 멀쩡했다. 설아도 감정 표현에 적극적으로 변한 걸 빼면 취한 것이 티가 나지 않을 정도였다.

"보고 싶었다고 말해주세요."

"보고 싶었습니다."

성준은 망설임 없이 솔직하게 대답했다.

그 순간이었다. 설아가 성준을 향해 돌진했다. 성준은 술에 취해 있기도 했고 그녀의 행동에서 살의가 없었기 때문에 대응하지 않았다. 그리고 속수무책으로 당했다.

"후아……."

짧다고는 할 수 없는 입맞춤이 끝났다. 순식간에 벌어진 일이었다. 정신을 차려보니 입술에 남아 있는 포근한 온기를 느낄 수 있었다.

"내려갈까요?"

설아가 달콤한 목소리로 속삭였다. 성준은 최면에 걸린 사람처럼 고개를 끄덕였다. 그리고 그게 그날의 마지막 기억이었다.

정신을 차렸을 때 가장 먼저 보인 것은 하얀 천장이었다. 창문으로 햇빛이 새어 들어오는 게 느껴졌다. 숙취로 인한 기분 나쁜 두통이 느껴지는 아침이었다.

"으으……."

성준은 신음을 토해냈다. 누군가 헌터는 인간을 초월한 신체를 가지고 있지만 과음하면 평범한 사람과 마찬가지로 취한다는 말을 한 적이 있었다. 그리고 그것은 과학적으로도 증명된 사실이었다.

"리, 리슈발트……."

아픈 머리에 손을 올린 채 리슈발트를 찾았다. 하지만 대답이 없었다. 인제 보니 기척 또한 없었다.

리슈발트는 영혼이었지만 성준과 연결되어 있기 때문에 근처에 있으면 쉽게 알 수 있었다.

그를 대신해서 옆에서 다른 기척이 느껴졌다.

'여긴 내 침대일 텐데……?'

성준은 고개를 돌리며 시선을 옮겼다. 침대 위, 성준의 옆자리에 누군가 이불을 머리까지 덮은 채 잠들어 있었다.

'여자다!'

그는 SSS급 헌터였다. 숙취 때문에 고통받고 있지만, 옆에 누워 있는 사람이 남자가 아니라는 사실에 안도했다.

'누구지?'

어젯밤 일은 기억이 나지 않았다. 가장 유력한 용의자는 '윤설아'였지만 다른 경우의 수도 생각하지 않을 수가 없었다.

"흐응."

"유, 윤설아 씨……."

잠결에 답답했던 것인지 그녀는 이불 밖으로 얼굴을 내밀었다. 성준의 예상대로 윤설아였다. 그녀의 존재를 확인한 성준은 리슈발트를 찾기 위해 다시 한번 주변을 살폈지만, 그의 모습은 보이지 않았다. 어젯밤, 심상치 않은 기류를 감지하고 자리를 비켜준 모양이었다.

그의 작은 배려에 감탄하는 것도 잠시였다. 성준은 곧 선택의 순간을 맞이해야만 했다.

'어떻게 하지……?'

설아를 깨울 것인지, 아니면 침대를 벗어나서 옷부터 입을 것인지 말이다.

설아가 애벌레처럼 이불을 덮고 있어서 그녀가 옷을 입고 있는지는 정확히 알 수 없었지만 확실한 것은 성준은 지금 벗고 있었다.

'일단 나가자.'

그녀가 잠에서 깨어나면 어색한 기류가 흐를 수도 있다는 것을 깨달은 성준은 우선 침대에서 벗어나 옷을 입는 게 좋다는 결론을 내리고 행동하기 위해 몸을 일으켰다. 그는 기사 출신이었지만 기척을 죽이며 움직이는 것은 자신 있었다.

"으응."

설아가 눈을 떴다. 실수는 없었다. 그저 기척을 죽이려는 순간에 그녀가 타이밍 좋게 깨어났을 뿐이었다.

"일어났어요?"

성준이 물었다.

설아는 대답 대신 이불을 살짝 열고 자신의 몸을 살폈다. 이윽고 얼굴을 붉게 물들인 채 그녀는 성준을 향해 배시시 웃어 보였다.

"좋은 아침이에요. 성준 씨."

평소와 달리 그녀가 성준을 부르는 호칭이 조금 변했지만, 그 변화를 느끼기엔 그의 머릿속이 여러 의미로 복잡했다.

하지만 혼란스러운 상황에서도 한 가지 분명한 사실은 인지할 수 있었다. 그것은 바로 오늘을 기점으로 그동안 조심스러웠던 그녀와의 관계가 조금은 변했다는 것이었다.

뱀파이어 종족의 대표 리블하인은 최근 연이은 계획의 실패로 인해 기분이 좋지 않았다. 성혈 기사단원이 엘프령에 잠입하여 '세계수의 씨앗'을 빼돌리는 것까지는 나쁘지 않았다.

하지만 곧바로 어디선가 나타난 '하얀 악마'에 의해 성혈 기사단원은 목숨을 잃고 '세계수의 씨앗'은 빼앗기고 말았다.

"좋지 않군."

얼마 전의 일을 생각하면 기분이 좋지 않았다. 리블하인은 불쾌한 감정을 다스리기 위해 술잔을 비웠지만 소용없었다.

"켈트헤임 대공입니까?"

"네, 접니다."

리블하인은 익숙한 기척을 느꼈다. 예상대로 켈트헤임 대공이었다. 어느새 집무실 안으로 들어온 그는 리블하인을 보며 고개를 살짝 숙이는 것으로 간단한 예의를 갖췄다.

"상황은 어떻습니까?"

"시베리아 연방 관구를 제외한 모든 점령지를 빼앗겼습니다."

켈트헤임이 보고했다.

종족 연합에서 준비를 많이 한 공격이 실패했다는 내용이었지만 리블하인의 표정은 변함이 없었다.

"그건 중요하지 않습니다. 어차피 연막을 위한 원정이었으니까요."

종족 연합의 다른 파벌들은 러시아 원정에 많은 병력을 동원했지만 리블하인이 지휘하는 뱀파이어 파벌에서는 일부만 상륙시켰고, 대부분의 병력을 비밀리에 빼돌렸다.

"다른 파벌들의 상황은 어떻습니까?"

"희망을 버리지 않은 것 같습니다. 시베리아 연방 관구를 지켜내고 더 나아가서 다른 지역도 다시 점령할 수 있을 거라고 생각하는 모양입니다."

"병력을 계속 투입하고 있겠군요."

"그렇습니다."

켈트헤임의 대답에 리블하인은 소리 죽여 웃었다. 모든 것을 뒤에서 계획한 흑막의 입장에서 볼 때 자신의 의도대로 움직이는 다른 파벌들의 모습은 어리석다고 해도 좋을 정도로 단순했다.

"우회한 군의 준비는 어떻습니까?"

러시아에 상륙하는 척했지만, 사실은 종족 연합의 어딘가에서 모습을 감추고 있는 뱀파이어 파벌의 대규모 주력군을 말하는 것이었다.

"모든 준비가 끝났습니다. 대공께서 지시하신다면 지금이라도 다른 파벌의 영토를 공격할 수 있습니다."

켈트헤임은 자신감 넘치는 목소리로 대답했다. 최근 여러 번 계획에 차질이 있었지만, 이번만큼은 확실하게 해낼 수 있다는 느낌을 받은 것이었다.

하지만 리블하인은 고개를 저었다.

"아직은 때가 아닙니다. 다른 대표들의 행동으로 볼 때 러시아에 계속해서 병력을 투입할 것 같군요. 그들이 주력군을 조금 더 소모하면 그때 공격 신호를 보내도 늦지 않을 겁니다."

종족 연합과 지구의 소모전을 유도한 이는 리블하인이었다. 모든 상황이 계획대로 흘러가고 있으니 만족스러웠다. 입가에서 미소가 떠날 줄 몰랐다.

"모든 것은…… 계획대로……."

6장
자유 이용권

그날, 설아도 부끄러웠던 모양인지 일찍 집으로 돌아갔고, 성준은 차원 마력을 모으기 위해 길드원들과 함께 S급 던전 공략에 나섰다. 파티에 성준이 있어서 쉽게 클리어할 수 있었다.

"형님이 계셔서 S급 던전도 쉽게 느껴지네요! 역시 형님이십니다! 로드 길드의 기둥!"

던전의 클리어가 끝나고 드랍된 아이템을 루팅하고 있을 때였다. 성준의 대표적인 신봉자 중 한 명인 장훈은 언제나처럼 성준의 활약에 감탄사를 쏟아냈다.

과장이 섞여 있는 것처럼 보였지만 순수한 사실이었다. 성준과 한석이 없었다면 남은 길드원들만으로는 잘해도 A급 던전이 한계였다.

"역시 형님이야! 우리끼리 A급 던전 돌 때는 엄청 힘들었잖아!"

"그렇긴 했죠."

장훈의 말에 신철이 동조했고 정철도 고개를 끄덕였다. 그들이 짧은 대화를 나누고 있는 동안, 제로스가 성준에게 다가갔다.

"강성준 경. 차원 마력은 얼마나 모였습니까?"

"가득 찼어."

성준이 대답했다. 제로스는 미소를 지으며 입을 열었다.

"하긴, 던전에 비해 효율이 나쁘다고는 하지만 레이드에 출몰하는 마물들을 잡아도 차원 마력이 모이기는 합니다."

확인은 하지 않았지만, 러시아에서 마물들을 사냥한 것으로 인해 차원 마력이 일정량 수집되어 있었던 것 같았다.

"다들 남은 마력은?"

던전 공략을 진행할 때 파티원들의 마력 잔량을 체크하는 것은 중요했다. 파티원들의 상태를 살피지 않으면 그것은 인명 피해로 번지게 될 가능성이 커진다.

"문제없습니다!"

"공격 던전을 열 생각이시라면 계속 진행해도 좋을 것 같습니다."

"저도 괜찮습니다."

길드원들이 대답했다.

성준은 만족스러운 표정으로 고개를 끄덕였다. S급 던전의 공략을 진행하기는 했지만 가장 앞에서 싸운 것은 성준이었기 때문에 길드원들의 마력은 많이 소모되지 않은 듯했다.

"진행할게."

모두가 고개를 끄덕이는 것을 확인한 성준은 차원 열쇠를 사용하여 관문을 열었다. 이질적인 마력을 풍기는 관문으로 성준이 먼저 진입하자 남은 길드원들도 차례대로 몸을 던졌다. 마력의 흐름에 몸을 맡겼다.

정신을 차린 곳은 칠흑과도 같은 어둠 속이었다.

성준은 바람의 흐름이 거의 느껴지지 않는다는 것으로 밀폐된 공간이라는 사실을 알아챘다.

"아무도 없어. 조명 마법 써도 돼."

근처에서 기척은 느껴지지 않았다. 성준이 아무도 없다는 것을 선언하자 신철이 마법으로 빛무리를 생성했고 다른 이들도 조심스럽게 움직이기 시작했다. 신철이 소환한 마법의 빛이 어둠을 밝히자 내부 공간의 모습이 드러났다.

"납골당……?"

정철의 목소리였다. 그의 말대로 납골당을 연상하게 만드는 구조였다.

하지만 버려진 곳인지 모든 것이 낡아 있을 뿐만 아니라 납골함도 보이지 않았다.

"잘못 찾아온 건…… 아닐 테고, 주변에 뭔가 있을 것 같습니다. 찾아보는 게 좋지 않을까요?"

"저도 동의합니다."

신철이 신중하게 말했다. 한석도 고개를 끄덕였다.

"마력 사용은 최소로 하는 게 좋을 것 같아. 근처에 적이 있으면 금방 들키니까."

성준의 의견이었다. 색적이 완벽하게 끝나지 않은 미지의 영역에서 탐색할 때는 마력을 최소한으로 사용하여 은밀하게 행동하는 건 기본적인 상식이었다.

"일단 육안으로 탐색하겠습니다. 제가 지휘하도록 하죠."

길드원 중에서 마법적 지식은 물론이고 이계에 대한 정보도 많이 알고 있는 제로스가 탐색의 지휘를 맡기로 했다. 반대 의견은 없었고 탐색은 순조롭게 진행되었다.

"하나 찾았습니다."

얼마 지나지 않아서 제로스가 성과를 보고했다. 흩어져서 주변을 살펴보고 있던 길드원들이 제로스의 주변으로 모였다.

"기계 장치가 아니라, 자물쇠 마법입니다. 마력 술식을 주입해야 해제할 수 있습니다."

"해제 술식은 알고 있어?"

"모릅니다. 하지만 알아내는 게 어려운 일은 아니죠."

제로스는 자신감 넘치는 목소리로 말했다.

그 모습을 보며 성준은 입가에 희미한 미소를 머금었다. 그는 전생, 로우켈 시절에 제로스를 알고 지냈었다. 그래서 제로스의 실력이 충분한 자신감을 가질 정도라는 것을 알고 있었다.

"한석아. 주변 경계를 부탁한다."

"알겠습니다."

"저, 저도 같이하겠습니다."

한석의 날카로운 시선이 주변을 훑었다. 장훈도 대검을 들고 주변을 경계했다. 성준의 시선은 다시 제로스에게 향했다.

"그런데 해제 술식을 주입하면 눈치채지 않을까?"

"그렇긴 하지만 크게 문제될 건 없다고 생각합니다. 공격 던전이 열리면서 차원 단전 결과가 펼쳐졌습니다. 도망칠 곳은 없습니다."

공격 던전이 열리면서 차원 단절 결계는 각성 던전의 것만큼 튼튼하지는 않지만 그럼에도 불구하고 파괴가 불가능에 가깝다는 사실은 분명했다.

"정면으로 가자."

"좋은 생각이십니다. 술식은 10분이면 알아낼 수 있습니다. 그동안 주변 경계를 부탁하겠습니다."

보안을 뚫고 해제 술식을 파악하려면 상당한 집중력이 소모된다. 당연히 그동안 적이 기습한다면 치명상을 입게 될 것이다. 그래서 제로스는 성준과 길드원들에게 뒤를 봐줄 것을 부탁했다.

긴장 속에서 10분이 흘렀다.

굳은 얼굴로 술식을 해석하던 제로스의 표정이 밝아졌다.

"끝났습니다."

"바로 열어."

"분부대로……!"

제로스가 술식을 주입하자 어딘가를 잠그고 있던 자물쇠 마법이 풀리면서 납골당 안이 지진이라도 난 것처럼 흔들렸다.

"형님! 벽이 열리고 있습니다!"

장훈이 왼쪽 벽면을 가리켰다. 양옆으로 갈라지면서 중갑을 입고 단창과 방패로 무장한 병력이 쏟아져 나왔다.

'용족…… 그중에서도 대표 직속의 무장친위대인가……?'

전생에 종족 연합과의 전장에서 지겹도록 검을 휘둘렀기에 마물들의 무장과 각인된 문장만 봐도 그들의 소속을 대강 알 수 있었다.

'무장친위대가 있는 걸 보니까 꽤 중요한 시설인 것 같네.'

성준의 입가에 싸늘한 미소가 번졌다.

"다들 조심해라! 쟤들은 일반 용족이랑은 다르니까!"

성준이 주의를 주었다. 용족 대표 직속의 무장친위대는 용족 중에서도 독한 훈련을 받은 최정예만 골라서 뽑는다. 그들

은 일반 용족에 비해 높은 A급 최상위 티어로 분류해도 좋을
정도로 전투력이 높았다.

한석을 제외하더라도 길드원들의 전투력은 A급 최상위 정
도로 높았지만 조심해서 나쁠 건 없다고 생각했다.

"유신철. 마법으로 견제를 부탁한다."

"알겠습니다."

신철이 마법을 펼쳤다. 그는 재능과 센스가 뛰어났다. 한 번
의 마법으로 용족 무장친위대의 전진을 막을 뿐만 아니라 후방
에서 원거리 공격을 준비하던 마법사들의 캐스팅도 견제했다.

-훌륭한 솜씨입니다.

리슈발트도 감탄할 정도였다.

신철이 무장친위대를 견제하는 동안 한석이 공격 마법의 캐
스팅을 끝냈다.

"블레이드 템페스트."

시동어를 내뱉으며 차분하게 마법을 완성하자 수십 개의 오
러 블레이드가 소환되었다. 그것들 총탄처럼 빠르게 회전하며
무장친위대 진영을 휩쓸었다.

"크아아악!"

"으아아악!"

잘린 팔과 다리가 허공에서 춤을 추었고 피 분수가 흩뿌려
졌다. 마법사들은 신철의 견제 때문에 제때에 방어 마법을 펼

치지 못했다.

블레이드 템페스트의 지속 시간이 끝났을 땐 무장친위대의 진형이 완전히 무너진 뒤였다.

"근접전이다!"

성준이 지시하자 장훈과 정철이 무너진 무장친위대의 진형 깊숙이 침투했다. 묵직한 대검과 날카로운 창이 휘둘러질 때마다 용족들이 힘없이 쓰러졌다.

"포, 포위 섬멸진이다!"

"재정비! 그리고 진형 구축!"

장교들은 무너진 대열을 회복하기 위해 노력했다.

하지만 진전은 없었다. 성준이 검을 들고 난입했기 때문이었다. 그는 무장친위대의 지휘를 맡고 있는 용족 마검사를 노렸다. 고속 이동술을 펼쳐서 순식간에 거리를 좁혔다.

"보, 보이지 않았어!"

용족 마검사가 경악했다. 보이지도 않았다. 정신을 차렸을 때 오른팔이 피를 쏟아내며 바닥에 떨어져 뒹굴고 있었다.

"끄아아아악!"

끔찍한 고통이 느껴졌지만 쉽게 당할 생각은 없었다. 남은 왼팔로 허리에 걸려 있는 단검을 뽑았다.

"어디냐!"

눈동자를 빠르게 움직여 주변을 훑었지만, 성준의 모습은 보이지 않았다. 대신 눈앞에서 무장친위대의 용족들을 도륙하고 있는 장훈과 정철이 보일 뿐이었다.

"크아아악!"

뒤에서도 비명이 들렸다. 황급히 뒤쪽으로 몸을 돌리니 마법사들이 당하고 있는 모습이 보였다. 이미 절반 이상이 쓰러져서 피를 흘리고 있었다.

"제, 젠장!"

머릿속이 백지처럼 하얗게 변했다. 그는 한때 제국과의 전선에서 활약했던 베테랑이었지만 지금처럼 압도적인 무력 앞에서는 어떻게 해야 할지 판단할 수 없었다.

욕설을 내뱉으며 당황하는 사이, 성준에 의해 마법사들이 몰살당했고 보병들 또한 남은 길드원들에 의해 전멸에 가까운 피해를 입었다.

"커헉!"

신철이 날린 파이어 스피어가 용족 마검사의 흉부를 꿰뚫었다. 일순간 의식이 흐릿해졌고 그는 힘없이 쓰러졌다. 그 직후, 남은 무장친위대 병력도 전멸했다.

"흡수."

성준은 쓰러진 마물들에게서 체력과 마력을 흡수했다. 한석이 주변을 살피며 다가왔다. 입구를 지키고 있던 무장친위대는 전멸했지만, 그는 경계를 늦추지 않았다.

"계속 진행합니까?"

한석의 물음에 성준은 고개를 끄덕였다. 로드 길드는 계속해서 전진했다. 용족들이 필사적으로 덤벼들었지만, 성준과 로드 길드를 막을 수는 없었다.

"저항이 세네요."

"5분만 쉬고 가자. 한석이 경계 좀 해주고."

"알겠습니다. 길드장님."

마물들의 저항이 생각보다 강해서 다들 지쳤다. 5분 정도 휴식을 취할 필요가 있었다. 짧은 휴식이었지만 숨 고를 시간은 충분했다.

-아무래도 용족의 지하 연구소인 것 같습니다.

리슈발트가 말했다. 공략을 진행하면서 지하 깊은 곳까지 내려왔다. 성준과 길드원들이 바쁘게 공략을 진행하는 동안 리슈발트는 주변을 자세히 살폈다. 그 결과, 지하 연구소라는 것을 알 수 있었다.

-문서에 각인된 등급표를 봤습니다. 지하 연구소 중에서도 기밀 등급으로 보입니다.

"설마 문서 파기도 안 한 거야?"

성준이 아주 작은 목소리로 물었다. 아주 오래됐거나 특히 중요한 문서라면 적이 침투하더라도 최대한 파기를 망설이는 경우가 있기도 했다.

하지만 그런 종류라면 보통 마탑 최상층이나 지하 시설의 최하층에 보관되는 게 일반적이었다.

-파기하긴 했지만, 시간이 부족해서 그런지 파기가 완전하지 않았습니다.

성준은 대답 대신 고개를 끄덕였다. 그는 휴식 시간이 끝나기 전에 제로스의 옆으로 이동했다.

"제로스."

"말씀하십시오."

"눈치챘겠지만 여기는 아마 기밀 등급의 지하 연구소인 것 같다."

"문서 파기를 망설인 흔적이 있었습니다. 그리고 저항도 거센 걸 보니까 최고 기밀 등급일 수도 있습니다."

종족 연합, 그중에서도 용족령이 보유하고 있는 최고 기밀 등급의 시설은 많지 않았다. 그리고 하나 같이 매우 중요한 뭔가를 보관하고 있었다. 만약 제로스의 추측이 정확하다면 오늘 괜찮은 아이템을 루팅할 수 있을지도 몰랐다. 하지만 그렇다고 해서 마냥 신나는 것은 아니었다.

"최고 기밀 등급의 시설이면 '네임드'가 지키고 있다는 말이잖아."

네임드. 이계에서는 전장에서 활약하여 명성을 얻고 이명을 부여받은 뛰어난 실력자를 말하며, 지구에서는 던전이나 레이드 상황에서 일정한 숫자 이상의 헌터를 학살한 마물을 칭하는 용어였다. 지구에서는 네임드의 출현과 동시에 토벌대가 만들어지는 바람에 사냥되는 게 보통이었다.

이계의 네임드로 대표적인 예시로는 리블하인이나 켈트헤임, 발리안 등이 있었다.

"하지만 너무 걱정하지 않으셔도 될 것 같습니다. 강성준 경의 상대가 되지는 못할 테니까요."

제로스는 확신했다.

"계속 진행한다."

5분의 짧은 휴식이 끝나자 던전 공략이 재개되었다. 용족 대표 직속의 연구소인 것인지 무장친위대가 계속해서 쏟아져 나왔다. 쉬지 않고 결국 성준을 제외한 길드원들의 마력이 대부분 고갈되는 상황이 찾아오고 말았다.

"죄송합니다…… 형님……."

장훈이 힘없는 목소리로 말했다. 성준의 발목을 붙잡았다는 생각에 견디기 힘들었다. 그는 굳은 얼굴을 숨기기 위해 시선을 내렸다.

"클리어하면 확실해지겠지만 마물들 수준을 보니까 SS급 던전인 것 같은데 여기까지 온 것만 해도 대단하다고 생각해."

굳이 설명하지는 않았지만, 공격 던전은 일반 던전에 비해 난이도가 높았다. 마물들의 이동 반경이 넓고 행동을 예측하기 힘들기 때문이었다.

"죄송합니다……."

신철도 고개를 숙였다.

정철과 제로스의 표정도 좋지 않았다.

"괜찮아. 90% 정도 진행한 것 같으니까 남은 곳은 솔플하면 돼."

솔플을 하면 시간은 조금 더 걸리지만 결론적으로 동조율을 올릴 마력을 많이 흡수할 수 있기 때문에 손해보는 일은 아니었다.

"길드장님. 저도 함께 가겠습니다."

"아니, 쉬고 있어. 무리하면 안 좋아."

한석이 따라나서려고 했지만 성준은 고개를 저으며 말렸다. 다른 길드원들과 달리 S급 헌터인 그는 마력이 조금 더 남아 있었지만 무리하는 건 좋지 않았다. 차라리 그는 여기 남아서 마력이 얼마 얼마 남지 않은 다른 길드원들을 지키고 있는게 좋았다.

"공격 던전은 일반 던전이랑 다르니까, 방심은 하지 마."

"알겠습니다."

길드원들의 대답을 들은 성준은 아래층과 연결된 계단을 향해 발걸음을 옮겼다. 다수의 무장친위대가 아래층에서 기다리고 있었다. 성준은 은신 상태로 그들의 진형 깊숙한 곳으로 침투했다.

"뭔가 오고 있다."

"정확한 위치는?"

"파악되지 않습니다!"

무장친위대의 용족 마법사들은 성준의 접근을 눈치챘지만 그뿐이었다.

어디에 숨어 있는지 파악하지 못해서 우왕좌왕했다.

성준은 고스란히 노출된 빈틈을 파고들며 검을 들어 올렸다. 마력을 끌어 올리자 마침 주변에 있던 마검사 셋이 황급히 검을 겨눴다.

"저, 적이다!"

"검술을 사용하려고 한다!"

"막아!"

둘은 검을 휘둘렀고 다른 한 명은 고속영창으로 완성한 공격 마법을 쏘아냈다. 완벽에 가까운 합공이었지만 성준의 입가에 선명하게 그려진 미소는 그 모든 것을 막아낼 수 있다는 자신감을 말해주고 있었다.

"폭풍검."

강철조차 잘라내는 검풍이 성준을 중심으로 사방에 휘몰아 쳤다.

"크아아악!"

"으아아악!"

무장친위대의 용족들이 피를 흩뿌리며 쓰러졌다. 마검사들도 성준의 공격을 막아내지 못했다. 가까운 곳에 있던 마검사들이 죽으면서도 마법을 난사한 탓에 성준도 크고 작은 상처를 입었지만 '힐'로 순식간에 치유했다.

　-주군의 검술은 언제 봐도 훌륭합니다.

　리슈발트가 언제나처럼 감탄사를 쏟아냈다.

　성준은 피식 웃으며 고개를 끄덕였다. 그리고 굳게 닫혀 있는 철문 쪽으로 발걸음을 옮겼다.

　-철문 안쪽에 보스가 있습니다. 느껴지는 마력은 SS급 최상위 티어로 분류될 정도입니다.

　"주의할게."

　SS급 최상위 티어는 단신으로 작은 국가 전체의 헌터 전력을 상대할 정도의 강자였지만 이제 SSS급의 경지에 도달한 성준을 긴장감을 주기에는 부족했다.

　하지만 방심하지는 않았다. 전생과 현생에서 수많은 실전 경험을 치렀기 때문에 약한 적을 상대할 때도 방심하면 안 된다는 것을 잘 알고 있었다.

　-옵니다!

　철문으로 다가간 순간이었다. 리슈발트가 다급하게 경고했다. 성준 또한 미지의 공격이 접근하는 것을 눈치챘다.

　"블링크!"

수십의 오러 참격이 철문을 뚫고 성준을 향해 날아들었다. 고속 이동술로 피하기에는 늦었다. 그는 단거리 차원 도약 마법, 블링크를 사용했다. 그가 다시 모습을 드러낸 곳은 천장 바로 아래였다.

-하나 더 옵니다!

"알아!"

성준은 날카로운 목소리로 대답하며 오러가 맺힌 검을 들어 올렸다. 뭔가가 두꺼운 철문을 뚫고 나와 성준을 향해 검을 휘둘렀다. 검격과 함께 수십 개의 참격 세례에 성준은 '정의로운 방패'를 사용해야만 했다.

콰쾅!

충돌음과 함께 흙먼지가 튀었다. 오러 참격이 앱솔루트 실드를 강타했지만 강력한 방어력을 자랑하는 대마법은 묵묵히 시전자를 수호했다.

"연속된 오러 참격을 방어하다니…… 거기다가 이 정도의 마력이면 대마법인가?"

은발의 용족 마검사가 입꼬리를 끌어 올린 채 말했다. 소수의 인원으로 무장친위대가 구성한 방어선을 돌파했다는 보고를 들었을 때부터 만만치 않은 상대일 것이라고 예상은 했지만 대마법을 구사하는 검사일 줄은 몰랐다.

-네임드군요. 주군께서도 아는 얼굴입니다.

리슈발트가 말했다.

성준은 천천히 고개를 들어 올렸다. 방어구는 흉갑 하나만 걸친 짧은 은발의 용족 마검사. 아는 얼굴이었다.

'빛나는 칼날의 라이덴.'

얼굴은 희미했지만 그가 들고 있는 특이한 검은 기억에 남아 있었다. 검자루에 검신은 없었고 대신 오러 블레이드가 광선검처럼 그 자리를 대신하고 있었다. 검신 없이 오러 블레이드를 형상화하여 유지하는 것은 고난이도의 센스와 테크닉을 요구하는 기술이었다.

-동부 방면군의 여섯 공포 중 하나를 여기서 보게 될 줄은 몰랐습니다.

리슈발트가 말했다.

"내 예상이 틀리지 않았다면 너는 '하얀 악마'이겠지?"

라이덴이 질문을 던졌다. 성준은 대답하지 않았다.

"침묵인가……? 상관없다."

기척과 함께 그의 모습이 사라졌다. 소멸이라고 해도 좋을 정도의 완벽한 기척 차단과 신속한 고속 이동술이었다.

하지만 성준은 당황하지 않았다.

"환영검."

측면을 공격할 생각이었다.

하지만 성준은 모든 것을 예상하고 좌측으로 몸을 돌리며 검술을 펼쳤다.

"우, 움직임이 읽혔다고?"

라이덴은 당황하면서도 자신을 노리는 31개 환영검을 모조리 방어했다. 리슈발트가 속으로 감탄을 토해낼 정도로 빨랐다.

하지만 성준은 아무런 감흥을 느끼지 못했다. 그는 차분하게 검을 회수했고 시끄럽게 떠들던 라이덴 역시 말이 없어졌다.

0.1초. 100번의 공방이 오고 갔다. 오러 블레이드가 충돌하면서 마력 파편이 사방에 튀었다.

성준은 여기까지 오면서 체력과 마력을 많이 소모했지만 온전한 상태의 라이덴과 맞서면서도 조금도 밀리지 않았다. 오히려 밀어붙이고 있었다.

"내, 내가 이 정도로 밀리다니!"

"이게 격의 차이라는 거다."

일순간 쏟아지는 폭풍과도 같은 검격의 연속에 라이덴의 몸에서 피 분수가 솟구쳤다.

"크아악!"

잘린 왼팔이 바닥에 뒹굴었다. 방어가 약해진 틈에 성준의 검에 의해 잘린 것이었다. 그뿐만이 아니었다. 자세가 무너지면서 여러 번 공격을 허용하고 말았다. 급히 몸을 뒤로 빼서 치명상을 면했지만, 상체는 피투성이가 되었다.

'미, 믿을 수 없다!'

라이덴의 동공이 지진이라도 난 것처럼 흔들렸다. 그는 언제나 전장에서 군림해 왔다. 네임드라는 타이틀을 얻은 후, 이런 굴욕은 제국의 최고 기사, 로우켈 이후로 처음이었다.

'빌어먹을 로우켈의 제자 놈이!'

과거에 라이덴은 최전방에서 로우켈과 조우한 적이 있었다. 당시 로우켈은 최고 기사는 아니었지만 라이덴은 그에게 처참하게 패배했었다. 그날 이후 전장에서 다시 마주한 적은 없었지만 오늘 그는 성준과 검을 겨루면서 로우켈의 악몽을 떠올리게 되었다.

'하얀 악마'가 로우켈의 제자라고 하니, 그런 생각이 들 법도 했다. 그때의 악몽을 이겨내기 위해서 라이덴은 차분하게 마음을 가라앉히며 검을 들어 올렸다.

"아직 끝나지 않았다!"

"나쁘지 않아."

그의 오러 블레이드가 더욱 선명하게 빛났다. 최후의 불꽃처럼 타오르는 그 모습을 보며 성준은 미소를 지었다. 적이지만 끝까지 포기하지 않는 모습이 보기 좋았다.

"경의를 표하도록 하지."

성준은 날렵하게 검을 회수하며 자세를 고쳤다. 최강의 일격을 위한 준비였다. 라이덴 역시 주위의 마력이 성준에게 동조하는 것을 느낄 수 있었다.

'이길 수 없다.'

라이덴은 깨달았다. 성준의 기술을 막을 자신이 없었다. 회피한다면 살아남을 수도 있겠지만 그러고 싶지는 않았다.

"최강의 검술로 나의 마지막을 장식해 주겠다는 것이냐……."

그의 입가에 미소가 번졌다.

"좋다! 그러면 나도 비굴하게 피하지 않고 맞서겠다!"

왼팔이 잘리고 상체는 피투성이었지만 라이덴은 굴하지 않았다. 오히려 전의를 더욱 불태우며 오러 블레이드가 선명한 검을 들어 올리며 자세를 취했다.

"좋은 자세야."

"칭찬으로 듣겠다. '하얀 악마'여……."

라이덴이 피식 웃었다. 성준은 라이덴을 향해 검을 겨눴다. 더 이상의 대화는 무의미했다. 남은 것은 검과 검의 충돌뿐이었다.

-라이덴을 제외하면 더 이상의 마력 반응은 느껴지지 않습니다. 남은 마력이 많지는 않지만 참검으로 끝내도 될 것 같습니다.

리슈발트가 말했다. 성준은 대답 대신 고개를 작게 끄덕이며 라이덴을 향해 차가운 시선을 던졌다.

'참검'으로 마무리하는 것도 나쁘지는 않을 것 같았다. 이윽고 그는 고속 이동술을 펼쳤다.

라이텐은 성준의 움직임을 읽기 위해 필사적으로 눈동자를 굴렸다. 그리고 간신히 그의 동선을 파악하고 검을 휘둘렀다.

"큭!"

두 개의 오러 블레이드가 충돌했다. 힘에서 밀린 쪽은 라이텐이었다. 그가 뒤로 두 걸음 물러나자 성준은 한 걸음 거리를 좁히며 검을 회수했다.

"참검."

"으아아아! 참검!"

차원마저 절단하는 강력한 검술이 펼쳐졌다. 라이텐도 전력을 다해 검을 휘둘렀지만, 왼팔이 잘린 데다가 뒤로 물러나는 도중이었기 때문에 자세가 불안정해서 펼쳐진 검술은 완전하지 않았다.

"크아아악!"

동조율 77%의 '참검' 또한 완전하지 않았지만 끝내 상대방을 잘라낸 검은 성준의 것이었다. 일시적으로 차원이 절단되면서 라이텐의 상체도 대각선으로 잘려 나갔다. 머리가 포함된 상체의 일부를 잃은 몸뚱이는 차가운 바닥에 쓰러져 붉은 피를 쏟아냈다.

"……가라…… 하얀 악마…… 네겐 자격이 있다."

라이텐이 최후의 말을 남겼다. 성준은 대답 대신 그의 시체를 넘어 철문을 열었다. 라이텐 같은 적을 싫어하는 것은 아니었지만 마물과 계속 말을 섞고 싶지는 않았다.

철문 너머에는 좁은 창고가 있었다. 생각보다 초라한 모습이었지만 성준은 실망하지 않았다. 강력한 마력이 느껴졌기 때문이었다.

창고 안을 탐색했다. 성준은 중요해 보이는 문서들을 챙겼다. 더 이상 챙길 만한 문서가 보이지 않자 그의 시선은 구석에 있는 보관함으로 향했다. 외관은 낡았지만, 내부에서 강한 마력이 느껴졌다. 복잡한 술식으로 숨기고 있었지만 성준을 속일 수는 없었다.

"제로스를 불러오는 게 좋을 것 같아."

리슈발트도 고개를 끄덕이며 동의했다.

성준은 다른 길드원들은 쉬게 놔두고 제로스와 함께 창고로 돌아왔다. 특별한 보관함 앞에 선 제로스의 입가에 미소가 번졌다.

"이건 복잡한 술식이로군요."

체력과 마력을 많이 소모한 탓에 피곤한 기색이 역력했지만 흥미로운 술식을 발견한 중년의 마도학자의 표정만큼은 밝았다.

"잠금 술식을 해제하는 데 얼마나 걸려?"

"짧아도 2시간입니다."

"다른 길드원들도 불러올게."

"그게 좋을 것 같습니다."

계측기는 던전 클리어를 선언했지만, 성준은 잔당이 남아 있을 것을 대비하여 길드원들을 불러왔다. 처음에는 술식 해제에 긴 시간이 걸리지 않을 것이라 생각하고 제로스만 데려간 것이었지만 잘못된 판단이었다.

모두가 모였다. 제로스는 잠금 술식을 해제하고 있었고, 다른 길드원들은 물을 마시며 휴식을 취했다. 체력과 마력을 회복하기 위해서는 충분한 휴식이 최고였다.

"생각보다 술식이 많이 복잡하군요."

2시간이 지나자 제로스는 눈살을 찌푸리며 말했다. 그러자 신철이 믿을 수 없다는 표정으로 입을 열었다.

"그 정도예요?"

"그렇습니다."

제로스는 고개를 끄덕였다. 신철이 생각하는 제로스는 만능이었다. 언제나 그는 복잡한 술식을 쉽게 풀고 해결했었다. 그것은 마법에 재능이 뛰어난 신철도 힘든 일이었기 때문에 늘 감탄하고는 했다.

제로스가 고전하는 모습은 드물었다. 그래서 신철은 보관함에 더욱 호기심이 생겼다. 다른 길드원들도 마찬가지였다. 그들은 두 눈을 반짝이며 보관함을 향해 흥미롭다는 시선을 던졌다.

"어때?"

성준이 물었다. 제로스가 풀지 못한다면 솔직히 말해서 희망이 없었다. 현재 성준이 영향력 안에 있는 사람 중에서 가장 뛰어난 실력을 가진 마도학자가 제로스였다. 신철의 술식 재능도 뛰어났지만 제로스에 비해서는 부족했다.

"너무 걱정하지 않으셔도 됩니다. 시간이 조금 걸려서 그렇지 술식 해제는 순조롭게 진행되고 있습니다."

목소리에서는 자신감이 넘쳤다. 단순히 안심시키려고 한 거짓말은 아니라는 증거였다. 성준은 굳은 신뢰가 느껴지는 시선을 보내며 고개를 끄덕였다. 시선을 의식한 제로스는 입가에 희미한 미소를 머금은 채 술식 해제를 서둘렀다.

"끝났습니다!"

3시간 만에 술식의 해제가 끝났다. 제로스는 환호를 내질렀고 길드원들도 박수를 쳤다. 잠금 술식이 사라지면서 보관함에서 많은 양의 마력이 새어 나오자 신철은 두 눈을 반짝이며 입을 열었다.

"안에 대단한 게 들어 있는 것 같습니다."

"제로스가 몇 시간이나 고생했는데 아무것도 없으면 재미없지."

성준도 동의하는 표정으로 고개를 끄덕였다.

"강성준 경께서 열어보시겠습니까?"

"고생한 제로스가 여는 게 좋을 것 같은데?"

다른 길드원들도 고개를 끄덕였다.

제로스는 긴장된 표정으로 보관함을 열었다. 반지나 목걸이 형태의 아이템이 들어 있을 거라 생각했지만 안에 있는 것은 2권의 마법책이었다.

길드원들은 실망한 표정이었지만 성준과 제로스는 달랐다. 두 사람은 이계에서 살아온 세월이 있었기 때문에 마법책의 가치를 알고 있었다.

제로스는 두 권의 마법책을 챙겨서 성준에게 건넸다. 확인은 저택으로 돌아가서 해도 충분할 것 같았다.

"돌아가자."

성준의 말에 모두 고개를 끄덕였다. SS급 공격 던전을 공략하느라 다들 지쳐 있었다.

차원 열쇠를 한 번 더 사용하자 지구로 귀환할 수 있는 차원 관문이 열렸다. 성준이 먼저 발걸음을 옮겼다. 이어서 길드원들도 차례대로 차원 관문에 몸을 던졌다.

저택으로 돌아왔다. 다들 휴식을 취하기 위해 각자의 방으로 이동했지만, 성준의 발걸음이 향한 곳은 지하에 있는 제로스의 공방이었다.

성준이 설아와 통화를 하는 동안 먼저 도착해 있던 제로스가 인기척을 느끼고 고개를 들었다.

"강성준 경 오셨습니까?"

성준은 대답 대신 고개를 한 번 끄덕이고는 가장 가까운 의자를 찾아가 앉았다.

"확인해 봤어?"

"이건 마법 연구서고, 나머지 하나는 차원 도약 이론서입니다."

제로스가 간단하게 설명했다.

"두 권 다 네가 읽으면 되겠네."

"차원 도약 이론서는 반대하셔도 제가 고집을 조금 부릴 정도로 탐나고 쓸모가 있지만, 마법 연구서는 저한테 크게 도움이 되지 않습니다."

"그러고 보니까, 너는 마도학자였지?"

성준의 물음에 제로스는 고개를 끄덕이며 입을 열었다.

"그렇습니다. 강성준 경도 아시겠지만, 마도학자는 마도구, 이곳의 용어로 바꾸자면 아이템이라는 도구를 사용해서 마법을 부리는 게 대부분입니다. 그래서 술식 관련이라면 몰라도 이 책은 별로 도움이 안 됩니다."

마법사와 마도학자는 다르다. 성준도 대충 알고는 있었지만 아무래도 기사 출신이다 보니 명확한 구분을 정의하지 못했다.

제로스 덕분에 오늘 또 새로운 사실을 알게 된 것이었다.

"읽는다고 닳는 것도 아닌데 상관없지 않을까?"

"그건 그렇습니다만, 당장 읽을 필요가 있는 건 아니죠. 최한석 씨나 유신철 씨가 먼저 읽는 게 좋을 것 같습니다."

"그런가?"

"굳이 따지자면 유신철 씨가 먼저 읽는 게 좋을 겁니다. 이 마법책은 최한석 씨의 수준보다는 한 단계 낮거든요."

제로스는 뛰어난 실력을 가진 마도학자였다. 그리고 마도학자는 마법사에 비해 이론에 뛰어나다.

성준은 제로스를 믿어보기로 마음먹었다. 마법책을 들고 신철과 장훈이 숙소로 사용하고 있는 A동으로 발걸음을 옮겼다.

"아, 강성준 헌터님!"

"좋은 아침입니다!"

정원의 벤치에 앉아서 이야기를 나누고 있던 경호원 2명이 일어나서 인사를 건넸다.

"네. 좋은 아침이에요."

성준도 가볍게 대답하고는 발걸음을 재촉했다.

"형님! 오셨습니까?"

"그래, 신철이는?"

"방에 있습니다. 불러올까요?"

"테라스에 있을게."

성준은 대답과 함께 테라스로 이동했다. 제로스에게서 받아온 마법책을 읽고 있다 보니 익숙한 기척이 느껴졌다. 고개를 들어보니 신철이었다.

"저를 찾으셨다고 들었습니다."

"이거 받아."

마법책을 건넸다.

신철은 성준의 의도를 알 수 없다는 표정이었다.

"아이템인가요?"

지구에서는 마법책이라는 게 존재하지 않았다. 그래서 신철
도 쓰임새를 모르는 것이었다.

성준은 짧은 한숨과 함께 설명을 시작했다.

"이해했습니다."

설명이 끝나고 신철은 고개를 끄덕이며 대답했다. 제로스가
있었다면 더 자세한 설명을 해줬겠지만, 다행히 성준의 부족한
설명으로도 신철은 마법책의 용도에 대해 이해한 것 같았다.

"이계어는 할 줄 알지?"

"능숙하지는 않습니다."

신철이 대답했다. 마법계 헌터들은 통역 마법 사용자가 아
니라면 따로 이계어를 배우는 경우가 많았다. 다른 계열 헌터
들에 비해 쓸 일이 많기 때문이었다.

"그래도 걱정하진 않으셔도 될 것 같습니다. 지금 읽어보니
까 해석이 어렵지는 않군요."

"그럼 됐어. 먼저 일어날게."

성준은 신철의 배웅을 받으며 본채로 돌아갔다. SS급 최상위의 실력자인 라이덴과의 전투에서 체력과 마력을 많이 소모한 탓에 쉬고 싶었다. 아침이었지만 침대에 몸을 던지기 무섭게 잠에 빠져들었다. 그는 늦은 오후가 되어서야 잠에서 깨어났다.

-체력과 마력이 많이 회복되었습니다.

눈을 뜨자마자 들려오는 목소리의 주인공은 리슈발트였다. 그는 성준의 회복 상황을 보고했다. 성준은 착용하고 있는 회복 아이템이 많아서 속도와 효율이 좋았다.

"지금 동조율이 얼마였지?"

-78%입니다.

SS급 최상위, 빛나는 칼날의 라이덴을 처치하고 1%가 상승한 상태였다. 2%만 상승하면 80%였다. 빨리 동조율을 올리고 싶은 마음에 S급 던전을 솔플할까 생각이 들었지만, 그는 곧 고개를 들었다.

'급하게 생각하지 말자.'

러시아의 시베리아 연방 관구에는 여전히 차원 관문이 열려 있었다. 이것은 뱀파이어 파벌의 특수부대가 러시아를 통해 한국으로 침투할 수도 있다는 말이었다. 성준은 '세계수의 씨앗' 때문에 그들의 추격을 받고 있었다.

연방 관구 경계에 감시망이 구축되어 있다고는 하지만 특수부대를 막을 수 있을지 의문이었다. 이런저런 상황이 겹치기 때문에 체력과 마력은 적정한 선을 유지하는 게 좋다고 판단되었다.

"오늘은 쉬는 게 좋겠지?"

-동의합니다.

성준은 리슈발트와의 짧은 대화를 끝내고 주방으로 향했다. 슬슬 저녁 시간이었기 때문에 식사를 하기 위해서였다.

피곤한 표정으로 냉장고 문을 여는 순간 누군가 본채에 들어오는 기척이 느껴졌다. 이어지는 빠른 발걸음 소리, 이쪽으로 오고 있었다. 살기는 전혀 없었고 성준의 허락 없이 대문을 넘을 수 있는 사람들은 정해져 있었기 때문에 성준은 느긋하게 주방을 나왔다.

"성준 씨!"

도시락 가방을 든 설아가 활짝 웃으며 달려왔다. 그녀는 로드 길드의 총무이기도 했지만 최근 성준과 평범한 관계가 아니라는 것을 경호원들도 알고 있었기 때문에 검문 없이 대문을 넘을 수 있는 소수의 명단에 포함되어 있었다.

"일찍 퇴근하셨네요."

성준이 물었다. 퇴근하기에는 이른 시간이었다.

그러자 설아는 귀여운 아기 복어처럼 볼을 부풀렸다.

"오늘 토요일이에요."

"이런…… 진짜네……."

스마트폰으로 확인을 해보니 설아의 말이 사실이었다. 당황하는 성준을 보며 설아의 입가에 밝은 미소가 번졌다.

"던전에 들어갔다가 나오면 요일 개념이 희박해진다는 것 정도는 저도 알고 있어요. 장난친 거예요."

그녀는 청룡 그룹에서도 마정석과 관련된 사업 파트를 맡고 있었기 때문에 일반인들에 비해 헌터와 관련된 지식을 많이 알고 있었다. 게다가 최근 그녀는 성준과 더욱 가까워지기 위해 더 많은 공부를 하기도 했다.

"앉아요. 내가 도시락 싸 왔어요."

설아는 도시락을 식탁 위에 올려놓고 덮개를 열었다. 그러자 화려하지는 않지만 정갈한 반찬과 밥이 모습을 드러냈다.

"직접 만든 거예요?"

"당연하죠. 사랑하는 사람이 먹을 건데, 일하는 아줌마한테 싸달라고 할 수는 없잖아요."

예고도 없이 찾아온 직접적인 감정 표현에 성준은 심장이 쿵! 하고 내려앉는 느낌이 무엇인지 몸소 실감하게 되었다.

원래 그녀는 술에 취한 상태가 아니면 이런 감정 표현을 쉽게 하지 못했었다.

'그날' 이후 꽤 많은 게 변한 것 같았다.

"고, 고마워요."

"먹어보세요."

설아가 젓가락을 건네준 젓가락으로 성준은 미니 크로켓을 집어 들었다. 겉으로 보기에도 괜찮았지만 먹어보니 맛있었다.

감탄사를 내뱉으려 하는 순간, 그녀의 손으로 시선이 향했다. 반창고투성이였다.

"아…… 봐, 봤어요?"

손에 닿는 시선을 느낀 것일까? 설아는 얼굴을 붉히며 고개를 숙였다. 그 모습이 귀여웠다.

성준은 흐뭇한 미소를 머금은 채 입을 열었다.

"옆에 앉아요. 설아 씨."

"네?"

"식전이면 같이 먹어요."

성준의 말에 그녀의 입가에 환한 웃음꽃이 피어올랐다.

라이덴과의 전투에서 소모한 체력과 마력은 모두 회복되었지만 하노프로부터 러시아의 상황에 대해 보고를 듣고 연합 위원회의 업무를 처리하느라 며칠의 시간이 흘렀다. 아버지의 병문안까지 다녀왔으니, 당연히 바빠서 던전 솔플은 꿈도 꿀 수 없었다.

제니퍼가 합류하면서 연합 위원회의 업무를 모두 끝낼 수 있었다. 슬슬 던전 공략 일정을 잡아볼까 하고 생각을 하던 찰나였다. 며칠 동안 공방에서 나오지 않던 제로스가 성준의 서재를 방문했다.

"어느 정도 분석을 끝냈습니다."

"어때?"

"차원 기동 부대의 훈련소에서 얻은 차원 도약 이론서와 비슷한 내용이 많았지만, 소득이 없었던 것은 아닙니다."

"소득이라면 어떤 걸 말하는 거야? 자세히 설명해 봐."

성준이 호기심을 드러내자 제로스는 입가에 미소를 그리며 입을 열었다.

"제 이론이 틀리지 않다면 차원 관문을 만들 수 있을 것 같습니다."

"영구적인 걸로?"

차원 열쇠 아이템을 사용하면 관문을 열 수 있다. 추측은 어렵지 않았다. 영구적인 차원 관문을 만드는 게 아니라면 제로스가 굳이 이야기를 꺼내지 않았을 것이다.

"물론 영구적인 차원 관문입니다."

제로스는 시원하게 고개를 끄덕이며 대답과 함께 간단한 이론 설명을 이어갔다. 차원 열쇠를 통해 만들어진 관문으로 이계로 갈 경우, 장기간 머물 수 없었다. 그런데 지금 제로스의 설명을 들어 보면 영구적으로 이계에 머물 수 있도록 차원 관문을 연결할 수 있다는 것 같았다.

"가능한 거지?"

"제가 강성준 경에게 거짓말을 하겠습니까? 시간이 조금 걸리겠지만 가능합니다."

"필요한 게 있으면 말해. 바로 구해줄 테니까."

"리오딘 수정이 하나 더 필요합니다."

리오딘 수정은 차원에 간섭하는 성질이 있는 희귀한 광석이다. 제로스는 예전에 이 광석을 사용하여 '차원 열쇠'를 제작한 적이 있었다.

"리오딘 광석이라……."

성준은 입술을 살짝 깨물었다. 필요할 일이 있을 것 같아서 지구에 위치한 제국의 거점들을 대청소할 때 연합 위원회에 수색 지시를 내려뒀었다.

하지만 제국에서 미리 회수한 것인지 단 하나도 찾을 수 없었다.

"쉽지는 않을 것 같은데……."

그는 냉정하게 판단했다. 제국의 거점이 대부분 전멸한 상황에서 리오딘 수정을 찾는 것은 힘든 일이었다.

제로스도 성준의 의견에 고개를 끄덕이며 동의를 표했다.

"쉽지는 않지만, 불가능한 일은 아닐 겁니다."

"짐작 가는 곳이라도 있어?"

"리오딘 수정은 차원에 간섭하는 성질이 있어서 관문을 유지할 때 적은 마력을 소모하게 하거나 동조율을 높이기도 합니다."

제로스는 곧바로 대답하는 대신 리오딘 수정에 대해 설명했다. 성준도 어느 정도 알고 있는 내용들이었다. 설명이 끝나는 순간, 성준의 입가에 미소가 번졌다.

"시베리아 연방 관구."

한 장소의 이름이 성준의 입 밖으로 튀어나왔다. 제로스도 미소를 지으며 입을 열었다.

"그렇습니다. 차원 관문을 장시간 유지하고 있으니, 그곳에 리오딘 수정이 있을 가능성은 매우 높다고 생각됩니다."

"러시아……."

시베리아 연방 관구는 던전 레이드 시대가 찾아오고 처음으로 '사냥터' 개념이 적용된 곳이었다. 헌터 자격증만 내밀면 별도의 허가 없이 출입이 가능했다. 사냥터를 나올 때 지불하는 일정량을 제외하면 마정석도 모두 루팅한 헌터가 가지게 되는 매력적인 곳이었다. 그래서 헌터들의 발길이 끊이지 않았다.

"동행할 길드원들의 편성은 어떻게 하실 예정입니까?"

제로스가 물었다. 리오딘 수정이 존재할 확률이 높다는 이야기가 나온 순간부터 성준의 러시아행은 정해진 것이나 다름없었다. 이제 누가 성준과 동행할지가 문제였다.

"혼자 갈 생각이야."

"괜찮겠습니까?"

"이번에는 혼자 움직이는 게 좋을 것 같다."

성준은 짧은 고민 끝에 결정을 내렸다. 시베리아 연방 관구는 넓었고 종족 연합이 점령한 상태였다. 더군다나 리오딘 수정이 있는 거점의 위치도 몰랐다. 은밀하게 수색하려면 혼자 움직이는 게 편했다.

"출발은 언제 하실 생각이십니까?"

"일주일 안에."

"그러면 스크롤을 몇 개 만들어 드리겠습니다. 도움이 될 겁니다."

"스크롤을? 백색 양피지가 있어야 할 텐데……."

스크롤은 저장된 마법을 사용할 수 있는 유용한 아이템이지만 지구에서는 제작이 불가능했다. 특수한 마력을 품은 백색 양피지가 생산되지 않기 때문이었다.

"지하 연구소에서 털어 왔습니다."

제로스는 대답과 함께 입꼬리를 끌어 올렸다.

성준은 웃음을 터뜨렸다.

"정말 잘했어!"

스크롤은 큰 도움이 될 것이었다. 찢을 때 마력이 소모되기는 하지만 마법 완성에 사용되는 것에 비하면 지극히 소량이었다.

"가능하면 광역 마법 쪽으로 부탁해."

다수의 적을 공격하는 수단으로 광역 마법만큼 효과적인 기술은 찾아보기 힘들었다.

"당연히 광역 마법으로 준비할 생각이었습니다. 단일 대상을 공격하는 마법은 강성준 경한테는 크게 쓸모가 없을 테니까요."

"역시 제로스야."

성준은 흐뭇한 미소를 지었다. 제로스의 말대로 '환영검'과 '참검' 등의 강력한 검술을 보유한 그에게 있어서 1명만 공격하는 마법은 고위 등급이라고 해도 크게 쓸모가 없었다.

"최대한 빨리 준비하겠습니다."

제로스가 고개를 숙이며 인사를 하고는 서재를 떠나자 성준은 스마트폰을 들어 올렸다. 일주일 안에 러시아로 출발하게 될 것 같았다. 늦기 전에 설아에게 연락해 둘 생각이었다.

-아……! 성준 씨!

스마트폰에서 터져 나오는 목소리에서 기쁨이 가득 묻어 나왔다. 성준의 전화를 기다린 게 분명했다.

"통화 괜찮아요?"

-네! 전 언제든지 괜찮아요.

착각일지도 모르겠지만 성준은 그녀가 '그날' 이후, 유난히 밝아진 것 같다고 생각했다.

"저 러시아에 가봐야 할 것 같습니다."

-아……

탄식이 흘러 나왔다. 방금 전까지 기뻐하던 그녀의 표정이 한순간에 무너지는 것이 상상되어서 가슴이 아팠다.

하지만 해야 할 일이 있기 때문에 그녀의 기분을 맞춰줄 수 없었다.

-저는 괜찮아요. 성준 씨.

슬픈 듯한 목소리였지만 그녀는 어린 아이처럼 고집을 피우지 않았다. 설아는 그 어떤 경우라도 자신이 성준을 방해하면 안 된다는 사실을 예전부터 알고 있었다. 그래서 러시아에서 테러가 있었을 때도 당장에라도 비행기를 타고 날아가고 싶었지만 자제했었다.

이번에도 마찬가지였다. 성준과 조금 더 함께 있고 싶었지만 어쩔 수 없었다. 영원히 헤어지는 것도 아니니까 기다릴 수 있었다.

-전 한국에서 성준 씨를 기다릴게요.

"오래 걸리지는 않을 겁니다."

지금 해줄 수 있는 말은 그것뿐이었다.

-저는 괜찮아요.

설아의 대답을 마지막으로 통화가 끝났다.

4월이 되었다. 성준은 봄을 즐길 여유도 없이 차가운 바람이 부는 러시아로 향하는 비행기를 타기 위해 공항으로 향했다. 라운지에서 설아가 가져온 도시락으로 식사를 해결한 성준은 그녀에게 짧은 이별을 고한 뒤, 비행기에 탑승했다.

성준은 태운 비행기는 시베리아 연방 관구 근처에 위치한 헌터 전용 임시 공항에 착륙했다. 급하게 건설된 곳이었지만 활주로는 깨끗하고 시설도 좋았다. 위험한 곳이었지만 헌터들이 많이 찾아오면서 상업 지구도 활성화된 것인지 상가는 물론이고 고급 숙소도 많았다.

"강성준 헌터님! 이쪽입니다!"

공항을 나오기 무섭게 금발의 러시아인이 성준을 발견했다. 그는 한국어로 말하며 손을 흔들었다. 하노프가 보낸 사람인 것 같았다. 성준은 러시아어를 못하기 때문에 연방 보안국장인 하노프에게 통역관을 요청했었다. 성준은 목소리가 들린 방향으로 발걸음을 옮겼다.

"리베르도입니다. 러시아에 머무르는 기간 동안 제가 통역을 맡게 되었습니다."

"잘 부탁합니다."

"숙소도 예약해 두었습니다. 이동하시지요."

어리바리하게 생긴 것과는 달리 현직 요원이라서 그런지 일 처리가 마음에 들었다.

-사냥터에는 내일 진입할 생각이십니까?

리슈발트가 물었다. 성준은 고개를 끄덕이며 입을 열었다.

"그게 좋겠지. 컨디션 좋을 때 들어가는 게 좋잖아."

러시아 정부에서 전세기를 제공해 주었지만 장시간 비행은 피곤했다. 성준은 최상의 컨디션을 유지한 상태로 사냥터에 진입할 생각이었다.

-주변을 경계하겠습니다.

"부탁할게."

성준은 리슈발트에게 경계를 맡기고는 잠에 빠져들었다. 그는 다음 날 아침이 되어서야 깨어났다.

호텔에서 제공한 조식을 먹은 뒤, 리베르도와 함께 사냥터로 향하는 헌터 세단에 탑승했다. 보통 장갑차를 이용하지만, 모스크바의 영웅인 성준이 직접 왔으니 러시아에서도 신경을 쓴 것이었다. 그들은 전차와 장갑차의 호위를 받으며 사냥터로 향했다.

"도착했습니다."

운전사의 말에 성준과 리베르도가 헌터 세단에서 내렸다.

"강성준 헌터님. 차량으로 진입할 수 있는 곳은 여기가 한계입니다."

리베르도가 죄송하다는 표정으로 말했지만 성준은 그가 상당히 무리했다는 것을 알 수 있었다. 주변에서 마물들의 마력 반응이 많이 느껴졌다. 이 정도면 편의를 많이 봐준 것이었다.

"고생 많으셨습니다."

성준은 리베르도, 그리고 호위를 해준 군인들과 인사를 나눈 뒤, 사냥터 깊숙한 곳으로 발걸음을 옮겼다.

-멀지 않은 곳에 마물들이 모여 있습니다. 거점인 것 같습니다.

잠시 정찰을 다녀온 리슈발트가 보고했다.

"차원 관문은?"

-없습니다. 리오딘 수정이 간섭할 수 있는 범위가 넓어서 꼭 차원 관문 근처가 아니라도 가능성이 없다고 볼 수는 없습니다.

그의 말이 옳았다.

성준은 대답 대신 고개를 끄덕이며 빠르게 발걸음을 옮겼다. 2시간 정도 달린 끝에 리슈발트가 말한 거점에 도착했다. 종족 연합에서도 흔한 마물인 오크령의 거점이었다.

"정밀 정찰."

-다녀오겠습니다.

성준은 거점에 리슈발트를 정찰 보냈다. 적의 정확한 편성과 지휘관 위치를 알아내기 위해서였다.

30분 뒤, 리슈발트가 돌아와서 성준에게 거점 지휘관의 위치와 편성을 보고했다.

"네임드라고?"

-네. SS급 정도로 보였습니다. 휘하에는 친위대로 보이는 오크 검성 여섯이 있었습니다.

"문제없어. 다 죽인다."

-그리고 포로로 잡힌 헌터들이 있습니다.

"포로?"

성준의 물음에 리슈발트는 고개를 끄덕이며 입을 열었다.

-그렇습니다. 10명 정도인데, 한 명은 SS급 헌터입니다.

"SS급 헌터가 포로로 잡혔다고?"

-전투의 흔적이 있었습니다. 오크 검성이 꽤 많았었나 봅니다.

지구의 헌터들은 성준처럼 실전 경험이 풍부한 괴물들만 있는 게 아니었다. 다수의 적을 상대할 때는 잠깐의 방심이 최악의 결과를 초래할 수도 있었다.

-곧 공개 처형을 한다는 것 같습니다.

리슈발트의 말에 성준의 두 눈이 반짝였다.

"그러면 극적인 등장을 연출할 수 있을 것 같네."

성준의 입가에 사악한 미소가 번졌다. 이왕 도와주는 거, 목숨의 위기가 왔을 때 등장하는 게 효과가 좋을 것이다.

7장
그리운 기억의 땅

　영국의 SS급 전투계 헌터이며 '아크로열'의 길드장을 맡고 있
는 엘리샤는 러시아에 '사냥터'가 생겼다는 정보를 입수하기
무섭게 길드의 정예들을 이끌고 시베리아 연방 관구로 향했
다. 돈이 될 거라고 판단했기 때문이었다.

　사냥터는 일반 던전이나 레이드에 비해 난이도가 있는 편이
었지만 그만큼 마정석이 많이 벌렸다. 수수료도 사냥터를 나
올 때 소량의 마정석을 지불하면 되는 것이었기 때문에 엘리
샤와 아크로열의 공격대는 일주일 동안 휴식 시간까지 줄여가
면서 사냥을 했다. 그게 화근이었다.

　종족 연합의 마물들은 체계적인 지휘를 받는 '군대'였다. 그
들은 지친 공격대를 습격하여 절반 이상을 죽이고 남은 10명

을 포로로 잡는 것에 성공했다. 엘리샤 또한 포로로 잡혔다.

"포로들의 처리는 조금 전에 말씀하신 것처럼 공개 처형입니까?"

장검 두 자루를 허리에 찬 오크 검성의 시선이 향한 곳에는 리슈발트가 말한 네임드, 회전검 아케루가 있었다.

그는 포로들을 바라보며 입을 열었다.

"그게 좋겠지. 부대원들의 사기도 많이 내려갔으니까."

그렇게 대답하고는 어딘가로 발걸음을 옮겼다. 그의 뒷모습을 보며 엘리샤는 마른침을 삼켰다.

"루터."

그녀는 아크로열의 간부이자 A급 마법계 헌터인 루터를 불렀다. 아래로 시선을 고정한 채 한숨을 내쉬고 있던 루터가 고개를 들었다.

"말씀하세요. 길드장님."

"이계어할 줄 알죠? 방금 오크들이 무슨 말을 한 거예요?"

엘리샤는 이계어를 할 줄 몰랐다. 그래서 마법계 헌터인 루터의 도움을 받을 수밖에 없었다. 그는 차분한 표정으로 입을 열었다.

"저희를 공개 처형한다는 것 같습니다."

"이런…… 좋은 내용은 아니에요."

"그렇죠."

루터는 고개를 끄덕였다. 엘리샤는 몸을 움직이려고 시도해 보았지만 소용없었다. 마력을 억제하는 구속구나 술식이 작동하고 있는 것 같았다.

'이대로 죽는 건가……'

욕심을 부린 게 후회되었지만, 시간을 되돌릴 수는 없었다. 얼마 지나지 않아서 그들은 임시로 만들어진 처형대 위로 올라갔다.

오크 검성이 거대한 도끼를 든 채 서 있었다. 평소라면 쉽게 상대할 수 있는 오크 검성이 오늘따라 위협적으로 느껴졌다.

분위기 탓일까? 아니, 구속 술식 때문일지도 몰랐다.

"이 년이 대장인 것 같습니다."

오크 전쟁군주가 고개를 숙이며 보고했다. 검성은 한쪽 입꼬리를 슬쩍 끌어 올리더니 도끼를 들어 올렸다. 대장격인 엘리샤를 먼저 처형할 생각이었다.

'죽기 싫어……'

살아오면서 쌓아왔던 추억이 고개를 들었다. 살고 싶다는 욕망이 간절해졌다.

하지만 휘하 길드원들은 그녀와 마찬가지로 구속되어 있었으며, 주변에는 마물들밖에 보이지 않았다. 도움이 간절하지만, 도저히 희망이 없는 상황이었다.

오크 검성이 도끼를 내려치려는 순간, 뭔가가 빠르게 날아왔다. SS급 전투계 헌터인 그녀조차도 제대로 감지하지 못했을 정도로 순식간이었다.

"커헉!"

오크 검성이 피를 토해내며 비틀거렸다. 흉부에는 단검이 꽂혀 있었다. 그리고 동시에 뭔가가 빠르게 접근했다. 그것은 결코 단검과도 같은 자그마한 것이 아니었다. 강력한 마력이 느껴졌다. 정신을 차렸을 때는 하얀 사제복을 입은 누군가의 뒷모습이 시야를 가득 채웠다.

성스러운 사제복에 어울리지 않는 장검을 들고 있었다.

'최, 최소 SS급!'

전신에서 풍기는 진득한 살기와 검에 깃든 강렬한 오러는 눈앞의 헌터가 뛰어난 실력자라는 것을 말해주고 있었다.

"사제복에…… 흑색의 검……."

루터가 귀신에 홀린 사람처럼 중얼거렸다. 그는 눈앞의 헌터가 누군지 알고 있었다. 엘리샤는 물론이고 아크로열의 다른 길드원들도 마찬가지였다.

"SS급 헌터 강성준입니다! 우린 이제 살았습니다!"

환호가 터져 나왔다. 성준은 혼자였지만 그건 중요하지 않았다. SS급 헌터는 하나의 나라를 멸망시킬 수 있는 일인 군단이었다.

"가, 강성준……?"

'대한민국에 있는 게 아니었나……?'

하고 뒷말을 삼켰다. 중요한 문제가 아니었다.

성준은 달려오는 오크들을 싸늘한 시선으로 훑으며 입을 열었다.

"드래곤 피어."

로엘의 안에 잠들어 있던 마룡의 영혼이 깨어났다. 귀를 찢어놓는 듯한 포효는 오크들은 물론이고 나무 기둥에 묶여 있는 아크로열 길드원들의 정신까지 뒤흔들었다. 가장 먼저 정신을 차린 헌터는 엘리샤였다.

엘리샤는 구속 당해 있다고는 하지만 SS급 헌터였다. 한 차례 고통이 지나가고 그녀는 눈을 떴다. 그리고 보았다.

내상을 입은 채 쓰러져 쉽게 몸을 일으키지 못하는 수백의 오크들을!

그들은 오크 중에서도 B급으로 분류되는 상급 전사들이었지만 드래곤 피어를 버티기에는 무리였다. A급인 전쟁군주들도 쉽게 정신을 차리지 못했다.

"가만히 계세요. 자유롭게 해주겠습니다."

성준은 서툰 영어로 말하며 검을 휘둘렀다. 아니, 휘두른 것 같았다. 동작이 순식간이라서 아크로열 길드원들은 움직임을 놓치고 말았다. 짧은 순간이 지나가고 그들을 구속하고 있던 밧줄이 잘려 나가면서 구속 술식이 해제되었다.

"가, 감사를 표합니다."

엘리샤는 고개를 숙이며 감사를 표했다. 동양의 예절에 대해서 들은 적이 있어서 다행이었다.

"정말 감사합니다."

"덕분에 살았습니다."

아크로열 길드원들도 엘리샤를 따라 감사의 뜻을 전했다. 성준은 고개를 짧게 끄덕이고는 고개를 돌려 주변을 살폈다. 주둔지 곳곳에서 오크들이 몰려오고 있었다. 그들 중에서는 유난히 강력한 마력도 느껴졌는데, 리슈발트가 말한 '네임드'인 것 같았다.

"싸울 수 있습니까?"

성준이 물었다. 엘리샤와 아크로열 길드원들은 굳은 얼굴로 고개를 끄덕였다. 다들 체력과 마력의 상당량을 소모한 상태였지만 이대로 당해줄 생각은 없었다. 그들은 주변에 쓰러진 오크들에게서 자기에게 맞는 무기를 빼앗아 들었다.

"당신이 리더입니까?"

"아, 아크로열의 길드장을 맡고 있는 엘리샤라고 해요."

엘리샤가 대답했다.

성준은 어느 한 방향으로 고개를 돌렸다. 네임드고 오고 있었다. 그것도 아주 빠른 속도로. 남은 시간은 10초 정도였다.

"네임드가 오고 있습니다."

"네, 네임드요?"

성준의 말에 엘리샤는 깜짝 놀랐다.

네임드의 개념은 그녀도 알고 있었다. 마법 탐색을 넓게 전개하니 SS급에 해당하는 강력한 마력 반응이 느껴졌다. 그녀의 얼굴이 창백해졌다.

"시간이 없습니다. 길드원들을 보호하세요. 저는 네임드를 상대하겠습니다."

말이 끝나기 무섭게 하늘에서 수십의 오러 참격이 쏟아졌다. 성준은 검을 휘둘러 방어 동작을 취했고 엘리샤는 길드원들을 보호하기 위해 방어 마법을 전개했다.

-주군!

리슈발트가 경고했다. 동시에 사방에서 마력이 느껴졌다. 허공에서 빠르게 회전하는 환영검, 하나도 아니고 수십 개가 성준을 포위하고 있었다.

"하하하! 하찮은 인간 놈아! 도륙당할 준비는 끝난 것이냐!"

회전검이라는 이명을 가진 아케루의 등장이었다. 그는 자신감 넘치는 목소리로 외치며 검을 들어 올렸다. 수십 개의 환영검이 성준을 향해 빠른 속도로 날아들었다. 곧 피를 뿌리며 토막 날 성준의 모습이 아케루의 두 눈에 선명하게 보이는 듯했다.

하지만.

"환영검무."

성준이 검술을 펼쳤다. 양측의 환영검들이 충돌하면서 마력 파편이 튀었다. 유감스럽게도 성준의 검술이 조금 더 우위였고, 아케루는 식은땀을 흘리며 뒤로 물러나야만 했다.

'하, 하얀 악마가 확실하군!'

사제복과 검의 조합에 어느 정도 예상은 했지만, 확신으로 변하니까 당황스러울 수밖에 없었다. 검성급 실력자인 하얀 악마, 강성준을 상대로 이길 수 있을까? 대답은 '아니오'였다. 아케루도 그 답을 알고 있었지만 도망칠 수는 없었다. 동족들의 지원군이 올 때까지 버텨야만 했다.

"오크는 도망치지 않는다!"

"그럼 죽어라."

짧고 단호한 대답이었다.

아케루가 정신을 차렸을 때는 수십 개의 환영검이 자신을 노리고 있었다. 성준, 로우켈이 자랑하는 '환영검'이었다.

"크아아악!"

아케루는 최선을 다해서 검을 휘둘렀지만, 기습과 동시에 빈틈이 찔린 공격이라서 모든 환영검을 방어하지 못했다. 왼팔과 오른발이 잘려 나갔고 상체가 피투성이가 되었다. 오러 아머를 두르고 있었지만 환영검 앞에서는 무력했다.

"아케루 님이 당하셨다!"

지휘관인 아케루가 당했다는 외침이 오크들에 의해 거점 전역에 울려 퍼졌다. 그렇지 않아도 바닥을 치고 있던 사기가 더욱 저하되었다.

"도, 도망쳐!"

"우리는 이길 수 없다!"

마물들은 제국의 군대와는 가치관이 달랐기 때문에 더 이상 버티지 못하고 뿔뿔이 흩어졌다. 성준은 굳이 그들을 추격하지 않았다.

-곧 증원군이 올 겁니다.

리슈발트가 말했다. 무질서하게 도망치는 것처럼 보였지만 그들은 다른 거점이나 집결 장소로 물러나고 있는 것이었다. 그곳에서 증원군을 불러오면 귀찮아진다.

성준은 엘리샤와 그녀의 길드원들이 있는 방향으로 서둘러 발걸음을 옮겼다.

"부상자 있습니까?"

"중상이 3명입니다."

루터가 보고했다.

성준은 부상자들을 향해 왼손을 들어 올리며 입을 열었다.

"힐."

그들의 상처가 순식간에 회복되었다. 그 모습을 아크로열 길드원들은 놀란 표정을 감추지 못했다.

'이, 이게 SS급 회복계 헌터의 힐인가……?'

'전투계 헌터라고 해도 믿을 정도로 강한데, 치유 능력까지 이 정도일 줄이야……'

성준은 SS급 회복계 헌터였지만 전투력 또한 우수한 걸로 유명했다. 그 유명세는 세계적인 수준이었지만 일부 헌터들은 치유나 전투, 둘 중에 하나에 과장이 섞였다고 생각하는 경우가 많았다. 엘리샤와 루터 또한 마찬가지였지만 지금 성준의 활약으로 인해 생각을 고치게 되었다.

"부상자들도 회복했으니까, 일단은 여기를 벗어나죠."

모두가 성준의 의견에 동의했다. 그들은 빼앗긴 장비와 짐만 챙긴 채 전력을 다해 오크군의 거점을 벗어났다.

"살았다!"

"정말 감사합니다!"

거점을 벗어나기 무섭게 아크로열 길드원들이 성준에게 감사를 표했다. 성준은 주변을 경계하며 고개를 끄덕였다.

비교적 안전한 지역에 진입했다고는 하지만 아직 사냥터 안이었다. 경계를 철저히 해서 나쁠 건 없다고 생각되었다.

"저는 아크로열 길드의 엘리샤라고 합니다."

여유가 생기자 엘리샤는 성준을 보며 자신을 소개했다. 성준도 엘리샤의 이름은 알고 있었다. 헌터 닷컴에서 영국의 장미로 유명한 그녀를 모를 리가 없었다.

"강성준입니다."

"저희 때문에 사냥하고 마정석도 루팅 못하셨는데…… 저희가 어제 특이한 마정석을 루팅했거든요. 괜찮다면 이거라도 드릴게요."

특이한 마정석?

성준의 두 눈이 반짝였다. 어쩌면 리오딘 수정일지도 모른다는 생각이 들었다.

엘리샤는 성준의 노골적인 성준의 시선에 볼을 붉히며 가방에서 뭔가를 꺼냈다. 주황색 빛깔이 아름다운 그것은 리오딘 수정이었다. 예상외의 장소에서 리오딘 수정을 얻었다. 한국으로 빨리 돌아갈 수 있다는 생각에 성준은 입가에 미소가 번지려는 것을 참아냈다. 정말 필요한 아이템이라도 내색하지 않는 게 중요했다.

"이거랑 저희가 가지고 있던 마정석 절반을 드릴게요."

엘리샤가 말했다. 마음 같아서는 마정석 전부를 주고 싶었지만 그렇게 하면 아크로열 길드에서 불만이 제기될 수도 있었다. 성준도 그 사정을 알고 있었다. 더 요구할 수도 있으나, 돈이 급한 것도 아닌 상황에서 영국의 SS급 헌터의 감정을 상하게 할 생각은 없었다.

"괜찮겠습니까?"

"네. 절반까지는 괜찮을 것 같아요. 강성준 씨가 저희를 구해줬는데, 빈손으로 돌려보낼 수는 없지요?"

미소를 지으며, 엘리샤는 말했다.

"그렇다면 다행이군요. 사냥터 밖으로 나갈 생각이시라면 저와 함께 가시죠."

대답은 정해져 있을 것이다. 엘리샤와 그녀의 아크로열 길드는 사냥을 지속하기 힘들 정도의 피해를 입었으니 성준의 호의를 거절하기 힘들 것이다. 물론 단순한 호의는 아니었다. 이건 고스란히 빚이 될 예정이었다.

"저, 정말요?"

"네. 원래는 사냥을 더 할 생각이었지만요."

원래 사냥을 계속할 생각이었지만, 아크로열 길드를 위해 시간을 희생하겠다고 어필했다. 리오딘 수정을 얻었으니, 성준도 돌아갈 생각이었지만 그 사실보다는 엘리샤와 아크로열 길드에게 생색을 내는 것이 중요했다.

"정말 고마워요······. 이 은혜는 잊지 않을게요······!"

엘리샤는 진심으로 고마워했다. 구속에서 풀려났다고는 하지만 육체와 정신, 모두 피폐해진 상태였기 때문에 사냥터를 벗어나는 게 힘들다고 판단했다. 그래서 도움이 절실했다.

"빚으로 달아둘게요."

성준은 웃으며 말했지만, 엘리샤는 그 말이 결코 농담이 아니라는 것 정도는 알 수 있었다.

"이동하죠."

"네."

엘리샤가 대답했다. 성준은 엘리샤와 아크로열 길드원들을 사냥터 밖까지 안내했다. 사냥터는 위험한 곳이었다. 경계선을 넘을 때까지 3번의 습격이 있었다. 그중에는 S급 마물이 다섯 이상 섞여 있는 무리도 있었다.

SS급 헌터인 엘리샤가 있다고는 하지만 그녀도 상당히 지쳐 있었기 때문에 성준이 없었다면 아크로열 길드의 피해가 심각했을 것이었다.

엘리샤도 그 사실을 인지하고 있는 것 같았다. 그래서 유난히 성준에게 달라붙는 모습을 보였다.

-감히 주군을 어떻게 해볼 생각인 것 같습니다.

리슈발트가 목소리를 높였다.

설아의 경우와는 달리 불순한 의도가 선명하게 보였다.

성준은 충직한 영혼 부관을 보며 희미한 미소를 지어 보였다. 걱정하지 말라는 무언의 신호였다. 과거의 그였다면 여자의 유혹에 쉽게 넘어갔을지도 모르겠지만 전생을 각성하고 난후, 그는 여성에 대한 면역력이 크게 늘었다.

엘리샤의 은근한 유혹도 지금의 성준이 보기에는 가소로울 뿐이었다.

"고생 많았습니다."

성준이 말했다. 사냥터를 벗어나서 인근의 공항까지 동행했으니, 이제 흩어져야 할 때였다.

"이대로 헤어지기는 아쉽네요."

엘리샤는 성준과 더 있고 싶다는 듯 물기 어린 시선을 보냈다. 평범한 남성이라면 바로 넘어갈 정도였지만 성준에게는 통하지 않았다.

"죄송합니다. 제가 바빠서요."

"네……."

완곡한 거절 의사에 엘리샤는 힘없이 대답하며 마정석을 건네주었다.

"다음에 영국에 오면 저한테 꼭 연락 주세요!"

엘리샤는 멀어지는 성준의 뒷모습을 보며 외쳤다. 성준은 대답 대신 손을 흔들었다. 영국에 갈 일이 생길지도 모르는데, 너무 모질게 행동하는 것은 좋지 않다고 판단한 것이었다.

분주하게 발걸음을 옮긴 끝에 리베르도와 만나기로 한 장소에 도착했다.

"생각보다 일찍 오셨군요."

리베르도가 안정적인 한국어로 말했다.

"일이 빨리 끝났어요. 한국으로 갈 비행기는 준비되어 있어요?"

"물론입니다. 러시아 정부에서 강성준 헌터님을 위해 전세기 하나를 항시 대기시켜 두었습니다."

모스크바를 구한 성준은 러시아에서 영웅으로 추앙받고 있었다. 그렇다 보니 정부에서도 그에게 예우를 갖출 수밖에 없었다.

"언제쯤 출발할 수 있습니까?"

성준이 말했다. 러시아는 많이 추웠다. 빨리 귀국해서 쉬고 싶은 마음이 간절했다.

"1시간 안에 모든 준비가 끝날 겁니다."

"빠르네요."

"러시아에서는 강성준 헌터님의 편의를 최우선으로 생각하고 있습니다. 숙소에 올라가서 쉬고 계시면 준비가 끝나는 대로 연락을 드리겠습니다."

생각보다 빨랐다. 리베르도는 러시아에서 성준의 편의를 봐주고 있다는 사실을 강조했다. 성준은 대답 대신 고개를 끄덕인 뒤, 숙소로 올라가 침대에 몸을 던졌다.

"후우!"

푹신한 침대의 감촉은 졸음이 밀려오게 하기 충분했다. 성준은 10분 정도 뒹굴거린 끝에 간신히 정신을 차리고 일어났다. 그리고 '발트거의 차원 주머니'를 뒤적였다. 일반 마정석들 사이에서 주홍빛으로 빛나는 하나의 마정석이 보였다. 성준은 그것을 집어 들어 꺼내놓았다.

-제가 마도학자는 아니지만 리오딘 수정이 확실한 것 같습니다.

리슈발트가 말했다.

리오딘 수정은 이계에서도 희귀한 마정석으로 분류되기 때문에 기사 출신인 리슈발트는 자주 볼 기회가 없었다. 이것만 있으면 제로스에게 넘기면 그리운 고향으로 갈 수 있는 영구적인 관문을 열 수 있다는 생각에 성준의 입가에 흐뭇한 미소가 번졌다.

연신 고개를 끄덕이며 주홍빛 광채를 감상하던 그는 복도 쪽에서 점차 가까워지는 인기척을 느끼고는 리오딘 수정을 다시 차원 주머니에 집어넣었다.

똑똑.

"강성준 헌터님! 전세기가 이륙 준비를 끝냈습니다! 바로 출발하시면 될 것 같습니다!"

리베르도였다. 성준은 챙겨둔 짐을 차원 주머니에 넣은 뒤, 객실에서 나와 공항까지 리베르도의 안내를 받았다.

"짧은 시간이었지만 모시게 되어서 영광이었습니다."

"네. 수고하세요."

리베르도와 헤어진 성준은 비행기에 탑승했다. 오직 그를 위한 전세기였기 때문에 탑승 수속은 없었다. 항공기를 탑승할 때 필요한 모든 절차는 생략되었고 다른 활주로의 활동도 멈췄다.

-이륙하겠습니다.

스피커에서 기장의 안내 방송이 흘러나왔다. 성준은 개인실의 침대에 누워 눈을 감았다.

얼마나 잤을까?

착륙을 앞두고 승무원이 그를 깨워주었다. 간단하게 세면을 끝낸 후, 좌석에 앉아 기다리자 착륙이 끝났다.

"다들 수고 많았습니다."

성준은 출입구로 발걸음을 옮기며 말했다. 승무원들이 일렬로 서서 성준이 지나갈 때마다 고개를 숙였다. 마지막으로 기장과 부기장이 남았다. 성준의 시선을 받은 두 사람은 미소를 지었다. 기장이 입을 열었다.

"모스크바의 영웅이신 강성준 헌터님을 모실 수 있어서 정말 큰 영광이었습니다."

"저 또한 영광이었습니다. 집에 가서 아들 녀석한테 해줄 이야기가 생겼네요."

부기장도 고개를 끄덕였다. 성준은 그들을 향해 희미한 미소를 남긴 채 통로를 통해 공항으로 발걸음을 재촉했다. 공항을 이용할 때 필요한 모든 절차는 생략되었다. 덕분에 성준은 5분 만에 공항을 벗어날 수 있었다.

"여깁니다."

공항을 나오기 무섭게 익숙한 목소리가 들려왔다. 성준은 그 방향으로 고개를 돌렸다. 그곳에 정장을 갖춰 입은 정철이

서 있었다. 미리 연락을 받고 마중 나온 것이었다.

"고생 많으셨습니다."

"별일 없었지?"

"네. 최한석 씨 덕분에 A급 던전 공략도 무리 없이 진행했습니다."

이번 러시아행에는 한석이 동행하지 않았다. 한국에 남은 그는 로드 길드원들의 던전 공략을 지원했다. 그는 S급 헌터 중에서도 대한민국 랭킹 1위였기 때문에 큰 도움이 되었다.

"마정석 매각은 총무님을 통해서 처리했습니다."

정철이 말했다. 당연한 내용이었지만 정기 보고를 하는 김에 말한 것 같았다.

로드 길드는 청룡 그룹과 마정석 독점 매각 계약을 체결한 상태였기 때문에 그들 외에는 거래가 불가능했다.

"잘하고 있네."

성준은 만족스러운 표정으로 고개를 끄덕였다. 이번에 러시아에서 지낸 시간은 짧았지만, 자리를 비운 것은 사실이니 그동안 던전 공략을 진행하고 길드 업무를 처리해 준 이들이 고마웠다.

"어디로 이동하시겠습니까?"

"집으로 가자."

정철의 물음에 성준이 대답했다.

술, 이제는 수십 년을 함께한 친구보다 친밀하게 느껴졌다. 매력적인 금발에 녹색 눈동자가 인상적인 검성, 에리나는 술병을 입가로 가져갔다. '살인적이다'라는 표현이 어울릴 정도로 독한 술이었지만 망설임은 없었다.

"후우!"

그녀는 알콜 내음 섞인 한숨을 내뱉었다. 식도가 타오를 것만 같은 느낌도 이제는 익숙해졌다. 검성이라고 해도 10년이 넘는 세월을 술로 절여져 있으면 몸이 상할 수밖에 없었다. 에리나는 순식간에 술 한 병을 비웠다. 언제 꺼내놓았는지 모를 탁자 위의 단검에 촉촉한 시선이 닿았다.

"로우켈 경……."

한때 여단의 최고 기사였던 검성 로우켈이 생전에 선물해 준 단검이었다. 이제 그녀에게 남은 것은 이것밖에 없었다.

술병을 가지고 오기 위해 발걸음을 옮기던 그녀의 눈동자가 싸늘하게 빛났다. 시선은 여관의 출입문으로 향했다.

"불청객이네요."

혼잣말이 끝나기 무섭게 문이 열리고 회색 후드를 깊게 눌러 쓴 남자가 걸어 들어왔다. 에리나는 입꼬리를 슬쩍 끌어 올렸다. 우호적이지 않은 태도였지만 후드 아래로 보이는 남자의 입가에서 희미한 미소가 엿보였다.

"페이드 후작님이시군요. 제가 귀족들을 싫어하는 걸 알면서 용케 찾아오셨네요."

"하하. 들켜 버렸군."

에리나의 말에 페이드는 가벼운 웃음을 터뜨리며 후드를 벗었다.

"늘 알론스 백작님이 찾아오셨는데…… 이번에는 웬일로?"

"그 친구한테는 감시가 붙어서 말이야."

"그렇군요."

"자네가 귀족을 싫어한다는 것 정도는 알고 있네만…… 잠깐 시간을 내어줄 수 있겠는가? 로우켈 경과 관련된 이야기라네."

페이드가 조심스럽게 물었다.

에리나는 잠깐의 고민 끝에 짧은 한숨과 함께 고개를 끄덕였다.

"좋아요. 오랜만에 과거의 이야기를 하는 것도 나쁘지는 않겠죠. 술을 꺼내올게요."

그녀가 녹색 술병을 꺼내왔다. 페이드가 의자에 앉자 에리나도 그의 앞에 앉았다.

"로우켈 경이 그립지 않은가?"

그리운 이름이 다시 한번 나오자 에리나의 몸이 움찔했다.

과거의 기억이 깨어난 것인지 눈동자가 추억에 젖어 들었다.

"그렇죠. 그리워서 잠도 안 올 정도예요."

에리나는 솔직하게 털어놓았다.

로우켈을 잊었다고 한다면 거짓말일 것이다. 그녀는 자신을 속일 생각은 없었다.

"만약에 말이야…… 로우켈 경의 의지를 이은 검객이 나타났다고 하면 어쩔 텐가?"

로우켈의 의지를 이은 자, 그것은 곧 제자를 의미했다.

"지금 뭐라고 하셨죠?"

에리나의 눈빛이 변했다. 지금까지 무력한 모습을 보였던 그녀와는 달랐다.

그 모습을 보며 페이드는 미소와 함께 입을 열었다.

"로우켈의 제자가 나타났다네."

마음속에서 뭔가가 터졌다. 에리나는 눈물을 보이고 말았다.

저택에 도착한 성준은 가장 먼저 제로스를 찾아갔다. 마도학자 특유의 들뜬 표정으로 성준을 기다리고 있던 제로스는 계단 쪽에서 기척이 느껴지자 기다리지 못하고 먼저 출입문을 열었다.

"들어오시지요! 생각보다 일찍 오셨군요!"

제로스의 목소리에서 활기가 넘쳤다. 성준이 리오딘 수정을 확보했다는 사실을 미리 연락을 받아서 알고 있기 때문이었다.

"이쪽에 앉으시지요!"

"들떴네?"

"당연한 거 아니겠습니까? 이번에 만들게 될 차원 관문은 공격 던전이랑 달리 장기간, 아니 어쩌면 영구적으로 유지할 수 있다는 말이죠! 제가 들뜰 수밖에 없지 않겠습니까?"

피 냄새 짙은 공격 던전과 달리 그리운 고향 땅을 만끽할 수 있다는 생각에 제로스는 싱글벙글하였다.

그 모습을 보며 성준은 흐뭇한 표정으로 리오딘 수정을 꺼냈다.

주홍색으로 빛나는 리오딘 수정을 보며 제로스는 두 눈을 반짝였다.

"리오딘 수정이 확실합니다."

"얼마나 걸릴 것 같아?"

"일단 이론은 완성되었으니까, 제작에는 긴 시간이 걸리지 않을 겁니다."

제로스가 대답했다.

"대충 어느 정도?"

성준이 물었다.

제로스는 톡을 긁적이며 제작에 걸리는 시간을 가늠해 보았다. 이윽고 그는 성준을 보며 입을 열었다.

"길어도 한 달 정도입니다."

제로스의 대답에 성준은 가슴이 벅차오르는 것을 느꼈다. 공격 던전과는 달리 자유롭게 이계를 돌아다닐 수 있다는 사실은 그를 들뜨게 하기에 충분했다.

"그러면 차원 관문은 맡기겠……."

말을 이어가던 성준이 갑작스럽게 입을 닫았다. 공방으로 빠르게 가까워지는 기척을 읽었기 때문이었다. 급한 일인 것인지 발걸음 소리가 빨랐다. 이윽고 출입문이 열리면서 장훈이 다급하게 뛰어 들어왔다.

"형님!"

"무슨 일이야?"

성준이 심각한 목소리로 물었다.

장훈의 표정이 좋지 않았다.

"신철이 상태가 좋지 않습니다!"

"마력 폭주일 수도 있습니다."

"마력 폭주?"

"그렇습니다. 얼마 전에 강성준 경께서 유신철 씨에게 준 마법 연구서…… 그걸 읽으면서 마력을 운용하다가 잘못하면 폭주 현상이 찾아옵니다."

제로스가 말했다.

"미리 말했어야지! 장훈아, 신철이 지금 어디 있어?"

"안내하겠습니다."

장훈은 성준과 제로스를 신철이 있는 곳으로 안내했다. A동의 지하 수련실이었다. 중앙에 신철이 쓰러져 있었고 옆에는 마법책이 펼쳐져 있었다.

"단순한 마력 폭주가 아닌 것 같은데……?"

마력 폭주는 기사들보다 마법사들이 더 자주 겪는 현상이었기 때문에 성준도 전생의 기억이 있다고는 하지만 자세한 정보는 없었다. 그러나 전생에 몇 번 본 적 있었던 마력 폭주와는 조금 달랐다.

"각성형 마력 폭주입니다. 일단 날뛰는 마력을 진정시키겠습니다!"

"크으윽!"

신철이 고통스러운 신음을 흘렸다.

제로스는 그의 옆으로 달려가 마력을 진정시키는 마법 술식을 펼쳤다. 신음이 줄어들었지만, 마력 폭주가 끝난 건 아니었기 때문에 안심하기는 일렀다.

"각성형 마력 폭주라고?"

목소리가 떨려왔다. 성준도 그것이 무엇인지 알고 있었다. 다만, 워낙 희귀한 경우라서 쉽게 믿기지 않았을 뿐이었다.

"강성준 경. 제가 준 스크롤…… 지금도 가지고 있습니까?"

성준이 고개를 끄덕였다. 제로스는 말을 이어가기 위해 차분한 표정으로 입을 열었다,

"주변 마력을 일시적으로 장악하는 스크롤이 있을 겁니다. 그걸 찢어주세요."

"알았어. 잠시만."

성준은 차원 주머니에서 제로스가 말한 스크롤을 꺼내서 찢었다. 폭주하는 마력이 조금 얌전해졌지만, 여전히 생명에 신철의 생명을 위협할 정도였다.

"강성준 경. 저는 술식을 펼치는 게 한계입니다. 혹, 로우켈 경에게서 타인의 마력을 통제하는 방법을 배우셨습니까?"

타인의 마력을 통제하는 것은 보통 살상을 위한 수단으로 사용되지만, 이번처럼 폭주하는 마력을 진정시키기 위한 수단으로 사용되는 경우에는 고난이도의 기술을 필요로 했다. 전생의 기억을 가지고 있는 성준은 당연히 알고 있었지만 제로스는 그가 로우켈의 제자라고 알고 있기 때문에 질문을 한 것이었다.

"조심……."

"알고 있으니까 걱정하지 않아도 돼."

성준은 대답과 함께 신철의 옆에 앉았다. 그의 복부에 손을 얹고 마력의 통제를 시작했다. 날뛰는 마력을 진정시키는 일

은 쉬운 것이 아니었지만 성준의 마력 운용 실력은 뛰어났고 3시간 만에 어느 정도 진정시킬 수 있었다.

마력이 얌전해지자 신철도 정신을 차렸다. 그는 곧바로 남은 마력을 운용하여 신체를 활성화시키기 시작했다.

"유신철 씨도 지금이 기회라는 것을 알고 있는 것이군요."

"그게 무슨 말이죠?"

평소의 성격답지 않게 불안한 표정으로 지켜보고 있던 장훈이 제로스의 혼잣말을 듣고 질문했다.

제로스는 흐르는 땀방울을 닦으며 입을 열었다.

"지금은 마력 폭주로 인해 평소보다 많은 양의 마력이 주위를 장악한 상태입니다. 그 마력을 통제해서 신체를 활성화한다면 대마법사…… 그러니까 이쪽의 기준으로 말하면 S급 헌터가 될 수도 있습니다."

"S급……."

장훈은 마른침을 삼켰다. 대한민국은 물론이고 전 세계적으로 봐도 S급 헌터가 가지는 이름은 결코 가볍지 않았다.

"야! 힘내!"

그는 진심을 담아 응원했다.

"어떻게 될 것 같아?"

성준은 제로스를 보며 질문을 던졌다.

각성형 마력 폭주를 두 눈으로 직접 보는 건 처음이었다. 위낙 희귀한 현상이라서 제로스도 처음 보는 것이겠지만 그는 마도학자이기 때문에 적어도 이런 현상에 대해 많이 공부했을 것이라 생각한 것이었다.

"별일 없을 겁니다. 무난하게 S급 헌터로 각성할 수 있을 것 같군요."

제로스가 틀리지 않는다면 로드 길드는 S급 마법계 헌터를 한 명 더 보유하게 되는 셈이었다. 길드 랭킹은 당연히 오를 것이며, 성준에게도 많은 도움이 될 터였다.

"무사히 넘긴다면 확실하게 S급의 경지에 도달할 것입니다. 강성준 경께서는 쉬시지요. 제가 유신철 씨의 곁을 지키겠습니다."

"나도 옆에 있을게."

"시간이 얼마나 걸릴지 모릅니다."

"상관없어."

무슨 일이 생길지 몰랐다. 마력 운용만큼은 성준도 제로스에게 뒤처지지 않을 정도의 자신이 있었다.

"형님……."

장훈은 감격한 표정으로 성준과 제로스를 바라보았다. 길게 말하지는 않았지만, 친우인 신철의 곁을 지키겠다고 선언한 둘의 모습에 크게 감동한 모양이었다.

-주군과 제로스 경의 도움이 있었다고는 하지만 마력을 제

어하는 기술이 대단하군요. 재능이 있습니다.

리슈발트의 말에 성준은 미소를 지었다. 그것 봐, 내 눈을 틀리지 않았다니까.

"생각보다 얼마 걸리지 않을지도 모르겠습니다."

제로스가 말했다. 그는 신철을 향해 흥미진진한 시선을 보내고 있었다. 어떤 상황에서도 호기심을 잃지 않는 모습이 마도학자다웠다. 숨 막히는 긴장이 이어졌다.

시간이 얼마나 흘렀을까?

신철의 몸에서 마력이 폭발했다.

"시, 신철아!"

"가만히 있어요. 별일 아닙니다."

"하, 하지만……."

"유신철 씨가 S급 헌터가 되길 원한다면 제 말대로 하는 게 좋을 겁니다."

제로스가 신철에게 달려가려는 장훈을 말렸다.

그 모습을 보는 성준의 입가에 희미한 미소가 번졌다. 장훈의 새로운 면을 발견한 것 같아서 기분이 좋았다. 신철의 마력이 안정화되면서 심각한 상황을 벗어났기 때문에 잠시 여유를 가질 수 있었던 것이었다.

시간이 얼마나 흘렀을까? 여유가 생겼지만, 굳이 시계를 확인할 생각이 들 정도는 아니었다.

성준은 장훈이 가져다준 생수로, 바싹 마른 입술을 적시고 있었고 제로스는 신철에게서 눈을 떼지 않았다.

얼마나 남았을까? 그렇게 생각한 순간이었다.

"쿨럭!"

"신철아!"

신철이 기침과 함께 붉은 피를 토해냈다. 장훈은 깜짝 놀랐지만, 성준과 제로스는 반응하지 않았다. 피를 뱉어냈다는 건 좋은 징조였다.

"끝났네요."

제로스의 말이 끝나기 무섭게 신철이 몸을 일으켰다. 각성의 과정에 화려한 연출 같은 것은 없었다. 하지만 분명한 것은 지금 신철은 달라졌다는 것이었다.

"축하한다. S급이 된 기분은?"

성준이 물었다. 신철은 입가에 미소를 머금은 채 입을 열었다.

"최고입니다."

신철은 헌터 관리국에 방문하여 정식으로 S급 헌터가 되었다. 랭킹은 17위였다. 그동안 한국의 S급 헌터들한테 관심이 없었는데, 2명 정도 숫자가 늘어난 모양이었다.

"축하한다."

장훈은 신철의 승격을 진심으로 축하해 주었다. 그리고 시간은 흘러 5월이 되었다.

"강성준 경!"

제로스의 들뜬 목소리와 발소리가 복도를 가득 채웠다.

서재에서 길드와 관련된 업무를 보고 있던 성준이 고개를 들었다. 서재의 문이 열리고 제로스가 뛰어 들어왔다. 그동안 공방을 벗어나지 않은 탓에 피부는 뱀파이어처럼 창백했고 잠도 제대로 자지 않은 것인지 눈 밑에는 다크서클이 진했다.

-완성된 모양이군요.

리슈발트가 말했다. 그리운 기억 속의 고향으로 여행을 떠날 생각에 들뜬 것인지 입가에는 미소가 선명했다.

"차원 관문이 완성되었습니다!"

"그게 정말이야?"

"제가 왜 거짓말을 하겠습니까? 지금 당장에라도 기동할 수 있습니다!"

"공방에 있지?"

성준의 물음에 제로스는 고개를 끄덕였다.

"가자."

발걸음을 재촉하여 도착한 지하 공방에는 이계와 연결된 차원 관문이 있었다. 성준은 마른침을 삼켰다.

"정확히 어디로 연결되어 있는 거야?"

연결된 위치가 중요했다. 제국의 황궁으로 연결되어 있다면 고향 땅을 밟기 무섭게 황실 친위대와 기사 여단에게 끔찍하게 살해당한다.

물론 성준은 결코 곱게 죽지 않을 것이다. 여럿을 길동무로 삼겠지만 그런 무의미한 죽음은 바라지 않았다.

"저도 모릅니다."

"그게 무슨 말이야?"

"말 그대로입니다. 무작위입니다. 하지만 걱정하지 않으셔도 됩니다. 강력한 방어 술식이 있는 황궁에 차원 관문이 열릴 리는 없을 겁니다."

제로스가 장담했다.

하긴, 제국과 종족 연합의 뛰어난 마도학자들도 간신히 만든 차원 관문을 제대로 된 시설도 없는 지하 공방에서 만든 것만 해도 제로스가 얼마나 대단한지 알 수 있었다.

"돌아올 때는 어떻게 해?"

"이걸 사용하면 됩니다."

제로스가 주황색 마정석을 꺼내며 대답했다.

"귀환석입니다. 여기에 마력을 주입하면 이계에서 제 지하 공방으로 돌아올 수 있습니다."

"몇 개나 가지고 있어?"

"일단은 하나입니다."

귀환석이 하나밖에 없다면 제로스는 지금 당장 같이 갈 수 없다는 말이 된다.

"저는 괜찮습니다. 먼저 다녀오시지요."

제로스는 차례를 양보했다.

성준은 미소를 지으며 차원 관문으로 몸을 던졌다. 환한 빛 때문에 눈을 감을 수밖에 없었다. 시야가 회복되자 가장 먼저 눈에 들어온 광경은……

"제기랄."

그만 욕설을 내뱉고 말았다. 아무것도 없는 넓은 평원의 한가운데에 그가 서 있었기 때문이었다.

-마력이 달라졌습니다. 이계로 온 것은 확실하군요.

리슈발트가 말했다.

성준도 고개를 끄덕였다. 이계로 넘어온 것은 확실했지만 문제는 '여기'가 어디냐는 것이다. 주변에 아무것도 없어서 어딘지 알 수 없었다.

-어떻게 하시겠습니까? 시간이 걸리더라도 주변을 정찰하고 올까요?

"북쪽으로 가는 게 좋을 것 같다. 제로스가 준 스크롤 중에 방위 확인 마법이 있으니까, 그걸 사용하면 길을 잃지는 않겠지."

성준은 방위 확인 마법이 각인된 스크롤을 찢었다. 마법의 안내를 받으며 북쪽으로 발걸음을 재촉한 지 4시간 정도가 흐르자 조잡한 도로가 보였다.

성준은 분주히 움직였다. 길을 따라 걷다 보면 작은 마을 정도는 나올 것이라 생각했다.

-30분 정도 전진하면 마을이 있습니다.

정찰을 다녀온 리슈발트가 보고했다.

"가자."

성준은 발걸음을 재촉했다. 리슈발트의 말대로 30분 정도를 걷자 작은 마을이 눈에 들어왔다. 낡은 오두막 20채 정도가 전부에 장벽조차 없는 작은 마을이었다. 성준은 차원 주머니에서 낡은 로브를 꺼내 입었다.

-현명한 선택이십니다. 작은 마을에서 화려한 사제복은 존재감이 너무 강하니까요.

리슈발트의 말에 성준은 고개를 끄덕이며 후드를 깊게 눌러썼다. 잠시 뒤, 그는 마을에 도착할 수 있었다. 소규모 마을이라서 그런지 이방인을 심하게 경계하고 있었다.

-정보를 얻는 건 힘들 것 같습니다.

이렇게 폐쇄적이라면 하룻밤 지내기는커녕 정보를 얻는 것조차 힘들 터였다.

-어떻게 하실 생각이십니까?

"30분 정도 있어 보고."

성준이 대답했다.

혹시나 하는 마음에 지도를 파는 곳이 있나 찾아보았지만 작은 마을이라서 그런지 상점조차 없었다. 짧은 한숨과 함께 발걸음을 옮기려는 순간, 누군가 성준의 앞을 막아섰다. 그를 향해 호기심 가득한 시선을 보내는 주인공은 꼬마였다.

"아저씨, 기사죠?"

"왜 그렇게 생각하는 거니?"

성준이 물었다. 낡은 로브로 사제복을 가렸고 검은 반지 형태로 변형시켜서 손에 끼고 있었다. 평범한 여행자의 모습이었다. 기사라고 생각할 만한 구석은 어디에도 없었다.

"얼마 전에 여기 왔던 기사 아저씨들이랑 비슷한 게 느껴져요. 그게 뭔지는 나도 모르겠지만……."

눈앞의 꼬마는 10살 정도로 보였다. 어딘지는 모르겠지만 이런 작은 마을에서 전문적인 교육을 받았을 리도 없었다.

그런데 마력을 느꼈다?

이건 그에게 재능이 있다는 것을 의미했다. 하지만 그것보다 꼬마가 방금 한 말에 더 관심이 갔다.

"여기 기사들이 왔었니?"

"네! 무서운 아저씨들이랑 같이 왔어요."

꼬마가 말하는 무서운 아저씨들이 누군지 성준은 쉽게 파악할 수 있었다.

'지방군이나 영주 직속 병력이겠지…… 그런데 이런 작은 마을에 올 일이 있나?'

성준은 리슈발트를 향해 슬쩍 시선을 옮겼다. 설명을 부탁한다는 뜻이었지만 리슈발트도 이유를 알 수 없다는 표정으로 고개를 저을 뿐이었다.

"촌장님께 안내해 주겠니?"

"네!"

낯선 사람에 대한 경계심은 찾아볼 수 없었다. 꼬마를 뒤따라 걷던 성준은 마을로 접근하는 다수의 기척을 느끼고 발걸음을 멈췄다.

-주군. 몸을 숨기는 게 좋을 것 같습니다.

리슈발트가 말했다.

성준은 고개를 끄덕이고는 꼬마를 보며 입을 열었다.

"미안한데, 다음에 부탁할게."

"네……."

꼬마는 실망한 듯했다. 성준은 이방인이었지만 그에게는 오랜만에 찾아온 손님이었다. 꼬마를 떠나 보낸 성준은 A급 아이템, '칠흑의 장막'을 사용하여 은신 상태가 되었다.

그리고는 우물이 있는 마을 중심부로 발걸음을 옮겼다. 뭔가 사건이 터진다면 중심부가 발생지가 될 것만 같은 기분이 들었다.

-옵니다.

리슈발트가 말했다. 얼마 지나지 않아서 무장한 병력이 마을의 중심부로 들어왔다.

-여단 소속의 기사 1명에 병사 10명입니다. 병사들은 기사 여단 소속이 아닌 것 같습니다.

기사의 가슴에는 여단의 문장이 그려져 있었지만, 병사가 들고 있는 깃발은 테렌시아 지방군의 문장이 각인되어 있었다. 덕분에 이곳이 테렌시아 지방의 작은 마을이라는 것을 알 수 있었다.

"촌장!"

우물에 다리를 올린 채 촌장을 부르는 기사에게서 날카로운 적의가 느껴졌다. 절대 좋은 의도로 찾아온 것 같지는 않았다. 낡은 오두막에서 백발의 노인이 황급히 나왔다.

"기, 기사님…… 세금이라면 저번에……."

"안심해라, 오늘은 세금을 받으러 온 게 아니니까."

기사가 말했다. 그 목소리에서 촌장은 불길한 느낌을 받았다. 그는 마른침을 삼키며 기사를 바라보았다.

"오늘은 황제 폐하의 명으로 병사를 뽑아가기 위해 왔다. 제국의 깃발을 들고 명예로운 전쟁에 참여할 기회를 얻었으니, 영광으로 알아라!"

"기, 기사님…… 이 작은 마을에서 젊은 사람들을 데려가면

우리는 굶어 죽습니다."

"지금 황명을 거역하겠다는 말이냐?"

날카로운 쇳소리와 함께 검이 뽑혀 나왔다. 동시에 기사의 몸에서 진득한 살기가 분사되었다. 서열이 낮은지 살기가 강력하지는 않았지만 그럼에도 일반인이 감당하기에는 힘들 정도였다.

"기, 기사님……! 제발……!"

촌장은 견디지 못하고 무릎을 꿇었다.

"기사님! 늙은 놈은 징병 대상에 포함되지 않습니다. 죽여도 될 것 같습니다!"

병사들은 창백한 얼굴로 애원하는 촌장을 조롱했다. 우물가 주변에 모여 있는 마을 사람들은 지켜볼 수밖에 없었다. 몇몇은 입술을 깨문 것인지 피가 흐르고 있었다. 도와주고 싶었지만, 방법이 없었다.

-개입하지 않을 생각이십니까?

리슈발트가 물었다.

성준은 대답하지 않았다. 일단 조금 더 지켜볼 생각이었다.

"할아버지!"

"제이야!"

조금 전에 말을 걸어주었던 꼬마였다. 부모로 보이는 여성이 이름을 부르며 말렸지만 꼬마는 작은 몸으로 기사의 앞을 막아섰다.

"꼬마 녀석이 겁도 없구나!"

기사가 다시 한번 살기를 해방했다. 제이는 촌장을 지키기 위해 용기를 냈지만 숙련된 기사의 살기는 치명적이었다. 몸이 버티지 못했다. 조그만 입술에서 붉은 피가 쏟아져 나왔다. 하지만 작은 꼬마는 쓰러지지 않았다.

-주군…… 저건 기사가 해서는 안 될 행동입니다.

리슈발트가 분노했다. 그의 보이지 않는 분노에도 불구하고 기사는 멈추지 않았다. 오히려 재밌는 장난감을 발견이라도 한 것처럼 사악한 웃음을 터뜨렸다.

"하하하! 제법이구나! 나도 진심으로 간다!"

"기사님! 꼬마의 심장이 멈출 수도 있습니다!"

"상관없다!"

그나마 양심적인 병사가 황급히 말리려 했지만, 기사를 멈출 수는 없었다. 살기가 해방되었다.

하지만 꼬마의 심장은 멈추지도 않았고 쓰러지지도 않았다. 오히려 편안해진 얼굴로 입을 열었다.

"역시 아저씨는…… 기사였네요……."

낡은 로브를 입고 후드를 깊게 눌러 쓴 성준이 기사의 앞을 막아선 것이었다.

"도, 도대체!

"보이지 않았어!"

기척조차 없었다. 어느샌가 눈앞에 있었다. 그것은 병사들 뿐만 아니라 기사 역시 마찬가지였다.

'아, 암살자인가……?'

기척을 지우는 실력으로 볼 때 암살자라는 추측을 할 수 있 었지만, 확신은 없었다. 한 가지 확실한 게 있다면 눈앞의 후드 를 눌러 쓴 남자가 굉장한 실력자라는 것이었다.

긴장한 기색이 역력한 기사를 보며 성준은 입꼬리를 끌어 올렸다. 누가 봐도 명백한 비웃음이었다.

하지만 기사 또한 그런 가벼운 도발에 넘어갈 정도는 아니 었다.

"기사 여단도 많이 변한 것 같네. 교육이 필요하겠어."

성준이 말했다. 그는 천천히 후드를 벗었다. 어차피 다 죽일 생각이니 얼굴을 보여도 상관없었다.

"나는 황제 폐하의 명을 수행하는 기사다. 순순히 정체를 밝히는 게 좋을 거다."

"어차피 다 죽을 테니까, 상관없겠지."

성준은 혼잣말에 가까운 중얼거림과 함께 낡은 로브를 벗어 던졌다. 어느새 반지의 형태에서 검으로 변형을 끝낸 '로엘'이 오 른손에 들려 있었다.

"하, 하얀 악마……?"

보통 전투 사제들은 검이 아니라 해머를 다룬다. 사제복을 입고 검을, 그것도 흑빛의 장검을 들고 다니는 이는 대륙에서 '하얀 악마'라고 불리는 검객이 유일했다.

'이길 수 없다……!'

그는 제국에서도 최정예로 이름 높은 기사 여단의 소속이었지만 서열은 455위에 불과했다. 서열 20위의 기사, 안데르센을 죽였다는 하얀 악마를 상대로 이길 수 있을 리가 없었다. 기사는 고민 끝에 도주를 결심하고 고속 이동술을 펼치기 위해 발에 마력을 모았다. 적을 두고 등을 보이는 것은 기사에게 허락되지 않았지만 살고자 하는 마음이 더 강했다.

"크아아악!"

"도망칠 생각은 버려라."

날카로운 비명을 내지르는 기사를 보며 성준이 차가운 목소리로 말했다. 기사의 발등에는 성준이 던진 단검이 꽂혀 있었다.

"황제 폐하 만세!"

기사는 황제를 부르짖었다. 그것은 두려움을 떨쳐내기 위한 행동이었다. 성준도 과거에 그런 적이 있었다. 그때는 황제에게 충성을 맹세했던 시절이었다. 어리석었던 시절의 기억을 떠올리며 성준은 기사의 목을 향해 검을 겨눴다.

"으아아아!"

도망칠 곳은 없다. 기사는 성준을 향해 크게 검을 휘둘렀다. 긴박한 상황이었지만 완벽에 가까운 공격 동작이었고 어느새 오러 블레이드까지 발현되어 있었다.

과거에 비해 기사 여단이 많이 변하기는 했지만, 구성원들의 실력만큼은 흠잡을 곳이 없었다.

챙!

두 개의 검이 충돌했다. 전력을 다한 공격이 막히자 기사는 절망했다. 성준은 그의 검을 흘리는 것과 동시에 기사의 목을 노렸다.

"커헉!"

그는 반응하지 못했고 일격에 목이 꿰뚫렸다. 한 차례 몸이 부르르 떨리더니 힘을 잃고 축 늘어졌다.

"기, 기사님이 당했다!"

"적이다!"

성준이 기사의 몸에서 검을 뽑아낸 뒤에서야 일반 병사들이 반응했다. 그들의 눈으로는 과정을 볼 수 없었다. 결과만을 뒤늦게 파악할 뿐이었다.

-11명입니다.

리슈발트가 적들의 수를 보고했다.

그들은 도망치지 않았다.

성준의 몸이 잠깐 사라졌다가 다시 나타났다.

"커헉!"

"크아악!"

병사들이 비명을 지르며 쓰러졌다. 기사 1명과 11명의 병사가 몰살당하는 데 걸린 시간은 5초를 넘기지 않았다.

"흡수."

성준은 그들의 시체에서 마력을 흡수하고는 '기사 여단의 반지'를 루팅했다. 합성까지 끝내니까 그가 착용하고 있던 반지는 +17강이 되었다. 여럿의 시선이 닿는 게 느껴졌다.

성준은 촌장을 향해 고개를 돌렸다.

"시체는 치워 두는 게 좋을 겁니다."

"가, 감사합니다."

여전히 경계하는 듯했다. 성준은 짧은 한숨을 내뱉으며 '제이'라는 이름의 꼬마 앞으로 발걸음을 옮겼다.

"아…… 저씨……."

제이가 힘겹게 말했다.

언제부터인지는 모르겠지만 그는 쓰러져 있었고 눈과 코, 그리고 입과 귀에서 붉은 피를 쏟아내고 있었다. 치명적인 살기에 노출된 탓에 내상이 심했다.

"사, 사제님……. 제이를 살려주세요……."

입고 있는 사제복 때문일까?

제이의 부모로 보이는 여성은 성준을 사제라고 불렀다.

"걱정 마세요. 아무 일도 없을 겁니다."

성준은 제이를 향해 왼손을 들어 올리며 말했다. 마력을 끌어 올리자 백색의 섬광이 모여들었다.

"힐."

그는 힐러였다.

To Be Continued

나는 될 놈이다

글쓰는기계 게임 판타지 장편소설
WISHBOOKS GAME FANTASY STORY

판타지 온라인의 투기장.
대장장이로 PVP 랭킹을 휩쓴 남자가 있다?

"아니, 어디서 이런 미친놈이 나타나서……."

랭킹 20위, 일대일 싸움 특화형 도적, 패배!

"항복!"

'바퀴벌레'라고 불릴 정도로
끈질긴 생명력을 가진 성기사조차 패배!

"판타지 온라인 2, 다음 달에 나온다고 했지?"

평범함을 거부하는 남자, 김태현!
그가 써내려가는 신개념 게임 정복기!

무공을 배우다

목마 퓨전 판타지 장편소설
WISHBOOKS FUSION FANTASY STORY

"무(武)를 아느냐?"

잠결에 들린 처음 듣는 목소리에 눈을 떴을 때,
눈앞에 노인이 앉아 있었다.

"싸움해 본 적 있나?"
"없는데요."

[무공을 배우다.]

20년 동안 무공을 배운 백현,
어비스에 침식된 현대로 귀환하다!

'현실은 고작 5년밖에 지나지 않았다고?'